SOFIA MENEGON

AMOR, O PRÓPRIO

Copyright © Sofia Menegon, 2025
Copyright © Editora Planeta do Brasil, 2025
Todos os direitos reservados.

Preparação: Milena Machado
Revisão: Elisa Martins e Tamiris Sene
Projeto gráfico e diagramação: Renata Zucchini
Ilustrações de capa e miolo: Gabi Nolasco
Capa: Isabella Teixeira

Dados Internacionais de Catalogação na Publicação (CIP)
Angélica Ilacqua CRB-8/7057

Menegon, Sofia
  Amor, o próprio / Sofia Menegon. -- São Paulo : Planeta do Brasil, 2025.
  192 p. ; il.

  ISBN 978-85-422-3190-8

  1. Literatura brasileira I. Título

25-0488   CDD B869

Índice para catálogo sistemático:
1. Literatura brasileira

Ao escolher este livro, você está apoiando o manejo responsável das florestas do mundo

2025
Todos os direitos desta edição reservados à
Editora Planeta do Brasil Ltda.
Rua Bela Cintra, 986, 4º andar – Consolação
São Paulo – SP – 01415-002
www.planetadelivros.com.br
faleconosco@editoraplaneta.com.br

à minha família,
pelo amor e pela dor

aos meus filhos,
pela paciência

à minha parceira,
pela escuta

à minha analista,
por navegar comigo

a mim mesma,
por abrir espaço
para novos sonhos

SUMÁRIO

PREFÁCIO, POR NATÁLIA SOUSA … 09

APRESENTAÇÃO … 11

PRIMEIROS AMORES
O mundo inteiro naquele Corsa … 15
As quatro Marias … 17
Amor de minha mãe … 21
Do alto da minha cama-beliche … 22
A última conversa com o meu avô … 24
Se os aplicativos de relacionamento fossem sinceros (1) … 27

PARTIDAS
A canaleta de dona Dora … 31
Hoje eu não vou te chamar para celebrar comigo … 36
Consultório … 38
Recolhedora de gente e de corações partidos … 44
Carro de aplicativo … 46
Flor-de-julho … 52
O bicho no telhado … 54

DELÍRIOS

Aposentadoria de Santo Antônio	65
O fim do mundo	67
Criatura de bicicleta	68
Número desconhecido	70
Spam	71
Pedido de delivery	73
Dois estranhos na janela	74
Amor artificial	76

OUTRAS DORES

Tem alguém no meu copo	87
O caso de Matilda	93
Café com inveja	100
Cadê o ciúme que estava aqui?	103
Um enredo ordinário	105
Natal	111
Conto de falhas	115
Se os aplicativos de relacionamento fossem sinceros (2)	120
As canecas	121
A trepadeira	123
Tomilho	125
Vazou!	127
Se os aplicativos de relacionamento fossem sinceros (3)	130
O cartão	131

Se os aplicativos de relacionamento
fossem sinceros (4) 133

Asinhas cortadas 134

O marimbondo no meu lustre 138

Se os aplicativos de relacionamento
fossem sinceros (5) 140

Donatella (minha dona) 141

LIVRES AMORES

Oito pés e uma cama box 147

Joana e Maiara 151

Amor bonsai 154

Se os aplicativos de relacionamento
fossem sinceros (6) 161

Juliana 162

O balão e o menino 169

Na minha gaveta de meias 170

Se os aplicativos de relacionamento
fossem sinceros (7) 173

ASPIRAÇÕES

Gente que se diverte 177

Tem uma coisa sobre o seu cheiro 179

Carta ao meu futuro amor 181

Que seja amor 183

Dispensável amor 185

Todo meu respeito 187

prefácio

Muitos anos atrás, ouvi uma frase que marcou o meu corpo de um jeito que nunca mais esqueci. Dizia assim: "Há uma rachadura em tudo. É assim que a luz entra". É de um poeta chamado Leonard Cohen.

Acho esse pensamento preciso e real na mesma medida. É necessário se deixar rachar para que novas ideias, novas experiências, novas compreensões de si e do outro se instalem. É assim com quase tudo. Mas, preciso confessar, nunca tinha pensado que era assim com o amor também.

Até que comecei a ler este livro.

Enquanto virava as páginas, reconheci a trajetória de mulheres que não conheci. E, ao mesmo tempo, conheci tão bem. Vi o rosto da minha vizinha, da minha colega de curso, da minha avó, da moça que esperava o ônibus, dia desses, ao meu lado. Vi todas as pessoas que um dia foram ensinadas que o amor é algo parecido com performance, imposição, violência, susto, medo, obrigação. Algo que você faz para o outro, como uma prestação de serviço. E não algo que você faz e nutre a si também.

Em cada uma destas crônicas e poesias, reconheci o que Sofia Menegon nos dá de presente (e de melhor): a oportunidade de deixar essa ideia universal de amor – que nada se parece com ele – se quebrar.

Permitir que a identificação dolorida e crua em algumas histórias force um reflexo, como um espelho, e, dele, nasça um expurgo. Algo que pode ser jogado fora, porque não pertence mais. Nunca pertenceu.

Reconhecer o que não é amor nos lança para um campo vasto e aberto de descoberta. Uma força que nos pergunta: O que ele é então? E as histórias deste livro também trazem alguma pista: o amor pode ser tudo.

Pode existir entre duas irmãs que já dividiram uma cama-beliche e hoje são unidas pela distância; pode existir na escolha diária de permanecer junto, mesmo que o outro seja a cópia exata do seu oposto; pode transbordar entre duas Marias que talvez não saibam explicar por que estão juntas, se não apelando para o motivo mais óbvio de todos: porque queremos.

Pegue na mão de Sofia Menegon neste livro. E ela pegará na sua também. Se deixe levar pelas histórias de amor, de desencontro, de desafetos, de amizades, de pessoas – como eu e você, que estamos tentando não nos defender da força mais poderosa que existe.

Permita-se à entrega tanto nas alegrias quanto nas dores, e, no fim, saberá que não está só nesse caminho. Como você, acredite, todos estamos de algum jeito.

Natália Sousa
Jornalista, escritora, palestrante e podcaster
(*Para dar nome às coisas*)

apresentação

O que penso sobre o amor resultou em um livro, este livro. Mas o que eu sei, de fato, não preencheria um parágrafo completo. Talvez a incompreensão seja o convite para o mergulho delirante. Afinal, o amor é sobre o contrassenso, suponho.

E suponho também que estejamos finalmente espiando o florescer de amores elásticos, soltos, que flertam com a liberdade e dançam com o desejo. Amores com os pés ora descalços, ora protegidos das intempéries. Amores híbridos, metamorfos, maleáveis. Amores que não carecem de coesão, sentido, propósito. Sem felizes para sempre.

Então o que conhecíamos sobre amar se tornou vintage. E vintage é chique. Fica bonito na vitrine, na parede e na palavra. Por isso, falo dos amores que foram, dos que são e dos que, imagino, virão. Um conjunto de ideias, alucinações, sonhos e devaneios carinhosos. Porém, não se engane: o que sei mesmo sobre o amor não preencheria um parágrafo inteiro.

PRIMEIROS AMORES

O mundo inteiro naquele Corsa
como aprendemos a amar

Ali cabia o mundo inteiro. Entre as malas amontoadas, os cachorros que compartilhavam o banco comigo e com a Tábata, minha irmã, enquanto algum CD tocava pela milésima vez, e tudo que passava rápido demais pela janela.

Entre aquelas quatro portas eu brincava de ser adulta, com meu caderninho, tomando nota do que solicitavam meus clientes imaginários, e também disputava o espaço entre os bancos da frente com a minha irmã. Naquele pouco mais de um metro de estofado encardido, oscilávamos entre os empurrões e o cochilo terno no colo uma da outra. Era daquele lugar privilegiado que eu observava minha mãe acariciando a nuca do meu pai e torcia para que nunca deixassem de se tocar. E era também dali que, às vezes, gritava enojada quando trocavam beijos de língua.

Do banco de trás do carro eu assistia ao amor, à raiva, à vaidade, ao desejo. Afetos, em todas as suas demonstrações. Lembro-me de fingir dormir para escutar as conversas proibidas. E, então, os xingamentos, as cobranças, as promessas, as fofocas e os segredos mais íntimos.

Entre um destino e outro, traçava também meus mapas das relações particulares, talvez não tão particulares assim. Naquele pequeno recinto, de onde não se podia correr e onde as nossas vidas todas se entrelaçavam, quase se fundiam, eu aprendia a amar e ser amada.

As quatro Marias
as mães das nossas mães e suas mães

Maria de Lourdes é sergipana. Maria, só Maria, é paulista. Maria de Lourdes é a caçula dos doze filhos de Maria Carmelita e Pedro. Maria, só Maria, é a caçula dos seis filhos de Maria Concília e Humberto. Maria de Lourdes e Maria, só Maria, não quiseram ter filhas Marias. Então tiveram Cristinas, Joanas, Edelis e Greices, que, por sua vez, entraram na era das Sofias, que poderiam ser mães de Valentinas, mas escolheram não ter filhos.

Maria de Lourdes foi mãe aos dezenove. Maria, só Maria, aos vinte. Suas filhas, também. Carmelita, também Maria de primeiro nome, engravidou do primeiro menino aos dezoito. Concília, não sei ao certo. Marias eram mães. Mães e ponto. Mães de seus filhos, de seus maridos e das crianças que apareciam, filhas de outras Marias.

Maria de Lourdes nunca completou o primeiro grau, mas tem o maior orgulho dos filhos que fizeram faculdade. "Joana é advogada", conta por onde passa, com a voz embargada. Quando os filhos eram pequenos e o marido estava desempregado, ela buscava o que sobrava na feira. Caso voltasse com a sacola vazia, a vizinha – acredite se quiser, também

Maria – apressava-se para preparar um caldo de legumes. Batia à porta e dizia: "Ô comadre, sobrou aqui esse caldo, não quer dar para os meninos?".

Maria, só Maria, tem o segundo grau completo. Ela sonhava em seguir carreira na empresa em que trabalhava, mas conheceu José e se casou. Então parou de trabalhar porque ele disse que não precisava. Agora ela podia ficar tranquila, cuidando das crianças e da casa. A vida que ela não sonhou, mas achou que era pra ser. Maria cozinhava. José reclamava. Maria lavava, passava, faxinava. José se irritava. Maria se calava. José gritava. Mas Maria gostava de escrever e ano passado, quando completou oitenta anos, escreveu à mão a história de toda a sua vida. Vinte páginas de um caderno pequeno, mas que ela mostra orgulhosa para as netas, toda vez que elas passam para um café.

Carmelita morreu de velhice, aos noventa e quatro anos de idade. Morreu perguntando pelo filho que sumira trinta anos antes: Carlinhos, um dos doze. Todas as noites, durante todo esse tempo, ela esperou na janela com a certeza de que ele apareceria. Carmelita morreu depois de alguns dos filhos. Mas enterrar um filho dói menos do que não poder fazê-lo.

Concília foi expulsa da casa da filha. José não gostava das críticas da sogra quanto ao modo como ele tratava Maria, só Maria. Ela morreu de solidão. "Sem mais nem menos", comentaram no velório.

A filha do meio de Maria de Lourdes, Cristina, se apaixonou pelo filho do meio de Maria, só Maria, Alfredinho. E foi assim que a história dessas tantas Marias se cruzou. Na verdade, foi um pouco antes, quando se mudaram para a rua Souza Filho. Maria de Lourdes ficava possessa quando Alfredinho jogava a bola no seu quintal e saía gritando pela Souza Filho: "Maria, eu vou matar seu filho". Mal sabia ela que a bola era um pretexto para ver Cristina.

Cristina e Alfredo logo se casaram. Ela estava na faculdade quando engravidou. E, então, Cristina, que não é Maria, tornou-se mãe. Mãe e ponto. Mãe por completo e mais nada sobrou.

Hoje em dia, Maria de Lourdes e Maria, só Maria, moram no mesmo prédio. Uma no nono andar e a outra no vigésimo terceiro. Às quartas, as duas jogam dominó. Maria de Lourdes gosta de contar as peripécias da filha mais nova, Dori, uma pug preguiçosa. Maria, só Maria, agora reclama de José, que com frequência pede desculpas pelo marido que fora. José tem medo de morrer sem perdão. Maria, de morrer como a mãe, de solidão.

Nas festas de família, Maria de Lourdes e Maria, só Maria, saem de mãos dadas pelo quintal para fofocar. Mas Maria, só Maria, não escuta bem. Então todo mundo fica sabendo da fofoca, ainda que faça de conta que não.

Elas, Marias, encontraram uma a outra e, nesse encontro, a si mesmas, um sem fim de vazios e um mar de histórias.

"o amor também é feito de vazios."

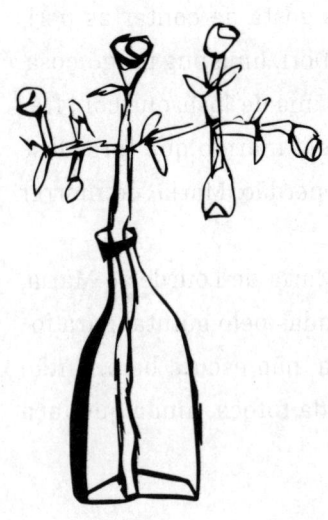

Amor de minha mãe
repetição de padrões

Ela, que me amava mais do que qualquer outra pessoa no mundo, vestiu uma careta para me assustar. E jogou o chinelo para me calar. E trancou-se no banheiro para me ameaçar. Foi embora dizendo que nunca mais iria voltar. Mas voltou e disse me amar.

Eu, agora confusa, sigo à procura desses amores que assustam, calam, ameaçam e somem. Amores como o de minha mãe.

Do alto da minha cama-beliche
amor de irmã

Não me lembro de nenhuma outra cama antes daquela. A beliche cor-de-rosa chiclete, com escrivaninha acoplada e uma terceira cama de rodinhas. Nem nos meus sonhos infantis mais audaciosos eu teria imaginado dormir em uma cama daquelas.

Eu dormia na cama de cima e minha irmã, na de baixo. A gente dividiu aquela beliche e aquele quarto por muitos anos. Em alguns momentos, foi ele que dividiu a gente. Mas ali, no alto da minha cama-beliche, onde eu conseguia tocar nas estrelinhas adesivas coladas no teto, eu a observava, curiosa, intrigada e deslumbrada.

Era também para lá que eu corria quando queria chorar, onde escondia os brinquedos que não queria dividir e também de onde gritava, vez ou outra, para minha mãe colocar para tocar a caixinha de música que me ajudava a dormir.

Quando as luzes se apagavam e tudo era silêncio, eu me escutava. Quando o medo não cabia debaixo das cobertas, eu acordava minha irmã, na cama de baixo, para perguntar se ela não precisava de companhia. Afinal, ela era mais nova e com certeza precisaria de um abraço de acalento. Afinal, ela era mais nova e com certeza me protegeria da pilha de pensamentos que me sufocava.

A verdade é que eu sempre precisei mais dela do que ela de mim. Da irmã, do beliche, do acalento. É uma relação esquisita essa, não é? Essa pessoa com quem a gente divide tudo, até pai e mãe. Até beliche.

Eu tinha um ano e quatro meses quando a outra filha nasceu. Ainda mamava no peito, mas não usava mais fraldas. Ainda dormia no peito, mas não precisava de ajuda para andar. Tinha um berço só meu, mas não me sentia só. Ou sentia. Não sei. Tudo é um jogo de adivinhação. O que é fato, mesmo, é que eu fui internada no mesmo dia em que minha mãe foi para a maternidade parir a outra bebê, ainda sem nome.

Alergia. Alergia a um remédio que até hoje não ouso chegar perto. Alergia a essa chegada assustadora, de alguém que até hoje não ouso me aproximar demais.

Eu não estava lá quando minha mãe saiu do hospital com sua nova filha. Mas minha mãe também não estava lá enquanto eu temia as agulhas entrando e saindo de mim. E, quando voltei para casa, nada mais estava no lugar. Não tinha mais peito para mamar e o de dormir agora já estava ocupado. Dali em diante, dividimos tudo. Colo, atenção, berço, roupas, brinquedos, vó, tia, prima, quarto e beliche. É uma relação esquisita essa.

Não sei que fim levou a beliche. Mas, de forma alegórica, ela ainda existe entre nós. Do alto eu sigo longe o bastante, mas perto o suficiente. E é por meio desses vãos que a gente consegue se amar.

A última conversa com o meu avô
amores indecifráveis

Eu fui. Não queria ir, mas fui. Vai que é o último aniversário. Vai que eu deixo de ir e me arrependo depois. Vai que, no fundo, eu queira ir. Fui. Fui para ficar quieta no meu canto e esperar os parabéns para ir embora.

Mas, por acaso ou destino, naquele dia ele segurou meu braço e falou baixinho:

— Eu amo muito vocês, viu?

Ele, que não era desses rompantes, me deixou desconfiada. Eu não sabia, mas aquela seria a nossa última conversa antes de sua partida.

— E o que é o amor para você, vô?

— Amor é viver. Enquanto a gente vive, a gente ama. Amar e viver são a mesma coisa. Eu descobri que ela era o amor da minha vida depois que fiz besteira. Já era tarde.

— Mas vocês não estão juntos?

— Estamos. Mas eu queria que Deus apagasse da nossa memória o que a gente fez de errado. Eu não fui um bom marido.

— Também não foi um bom avô.

— E como a gente resolve isso?

— Eu não sei. Você poderia me ligar. O elevador do prédio está funcionando outra vez e o senhor poderia conhecer meu apartamento. Mas eu não vou ligar. O senhor tem que vir. Eu era criança.

— Eu sei. É que eu me sinto rejeitado. A vida toda me senti assim. Rejeitado por todo mundo.

— E por isso você rejeita?

— Como assim?

— Rejeita quem te ama.

— Talvez. Eu fui embora. Deixei sua avó. Depois voltei, pedi perdão. Ela me aceitou, mas eu não me esqueço do que fiz. Por isso queria esquecer os meus erros todos.

— E você acha que isso resolveria?

— Pelo menos eu não sentiria o que sinto agora. Não sei se dá mais tempo de fazer diferente. Não sei se consigo consertar.

— Tenta. Eu só estou esperando você querer. Estou esperando o senhor me querer desde criança. Temos o mesmo signo.

— Eu não ligo para essas coisas.

— Mas eu ligo, vô. Queria te contar sobre as coisas com que eu me importo. Queria ligar para o senhor para contar das coisas que eu vivo, de quem eu amo. Porque, vô, eu te amo.

E de pé, todos começaram a cantar parabéns para ele. Apagou a vela, cortou o primeiro pedaço de bolo e, enquanto escolhia para quem o entregaria, olhei para o lado. Uma tentativa tosca de disfarçar minha vontade de ser escolhida. Como quando estão prestes a anunciar a vencedora do Oscar e as candidatas fingem não se importar com o resultado. Um esforço inútil para evitar a frustração. Ele entregou à minha avó, sua esposa há sessenta e um anos. A escolha mais diplomática e coerente. Afinal, que se saiba, esposa ele só tinha uma.

Minha avó olhou para o bolo, olhou para ele, com ligeira repulsa. Não sei qual dos dois despertou tamanha ojeriza. Pode ser que estivesse apenas empapuçada com a comida da festa, não sei.

— Pra que isso? — exclamou.

Em seguida, abandonou o prato sobre a mesa.

É um engodo esquisito a relação dos dois. Um aceita as indelicadezas porque acha que merece, a outra despeja suas dores porque já sofreu demais. E, talvez, os dois estejam certos. Talvez ele mereça. Talvez ela precisasse.

O que eu sei é que eu queria aquele pedaço de bolo e um avô para falar da vida que, no final, talvez seja o mesmo que falar de amor.

Se os aplicativos de relacionamento fossem sinceros (1)

Greice, 28 anos
BIO: Estou aqui pela conversa, date que é bom, pulo fora. Me conta de você, mas, principalmente, deixa eu contar de mim? Te falo da minha infância trágica, faço piadas com meus traumas, mando as melhores figurinhas. Mas já vou avisando: terei um imprevisto no dia do nosso date. No fim de semana seguinte será aniversário da minha tia e, no outro, o casamento da minha melhor amiga. Mas uma hora, se tudo der certo, a gente não se encontra.

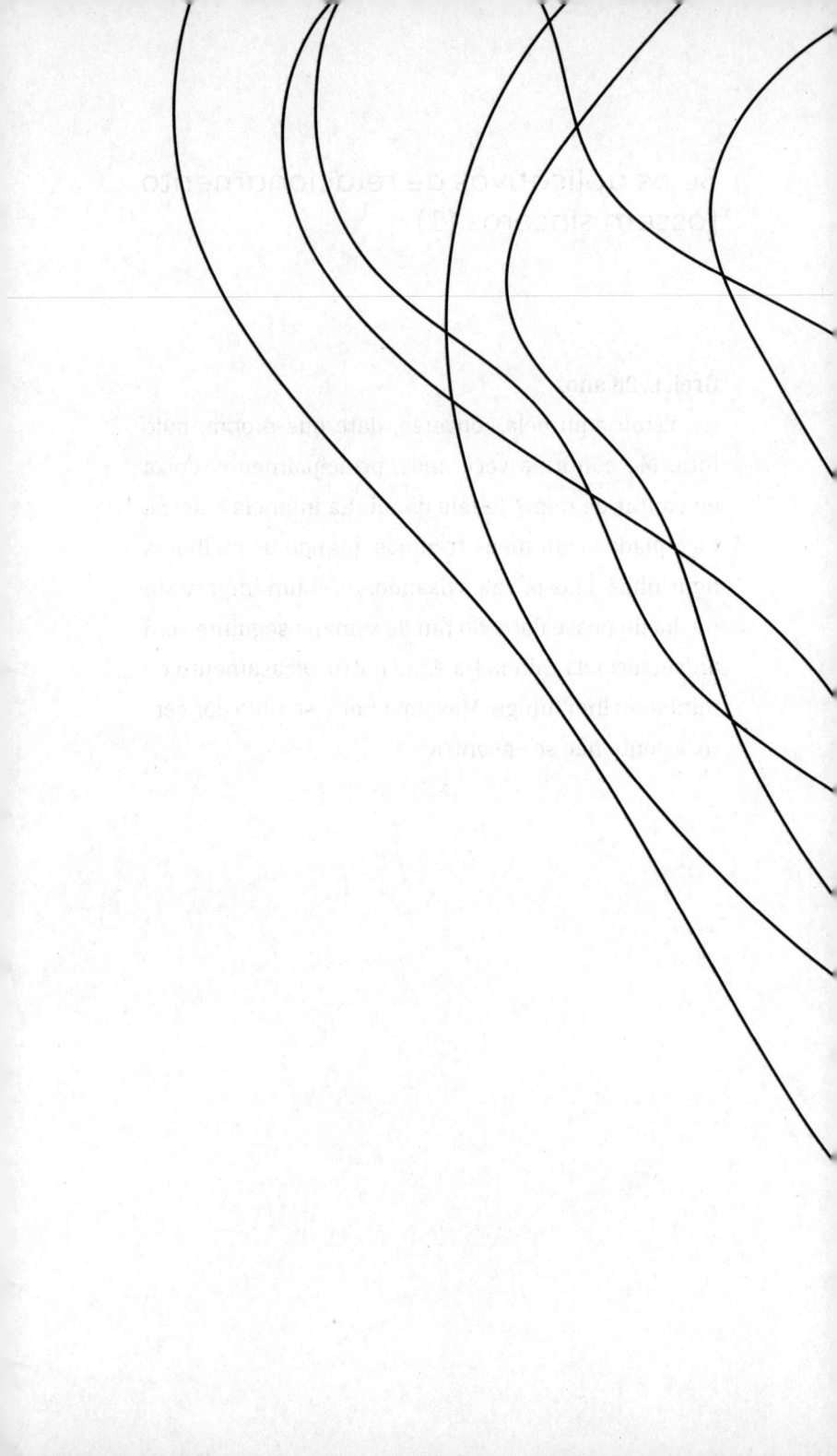

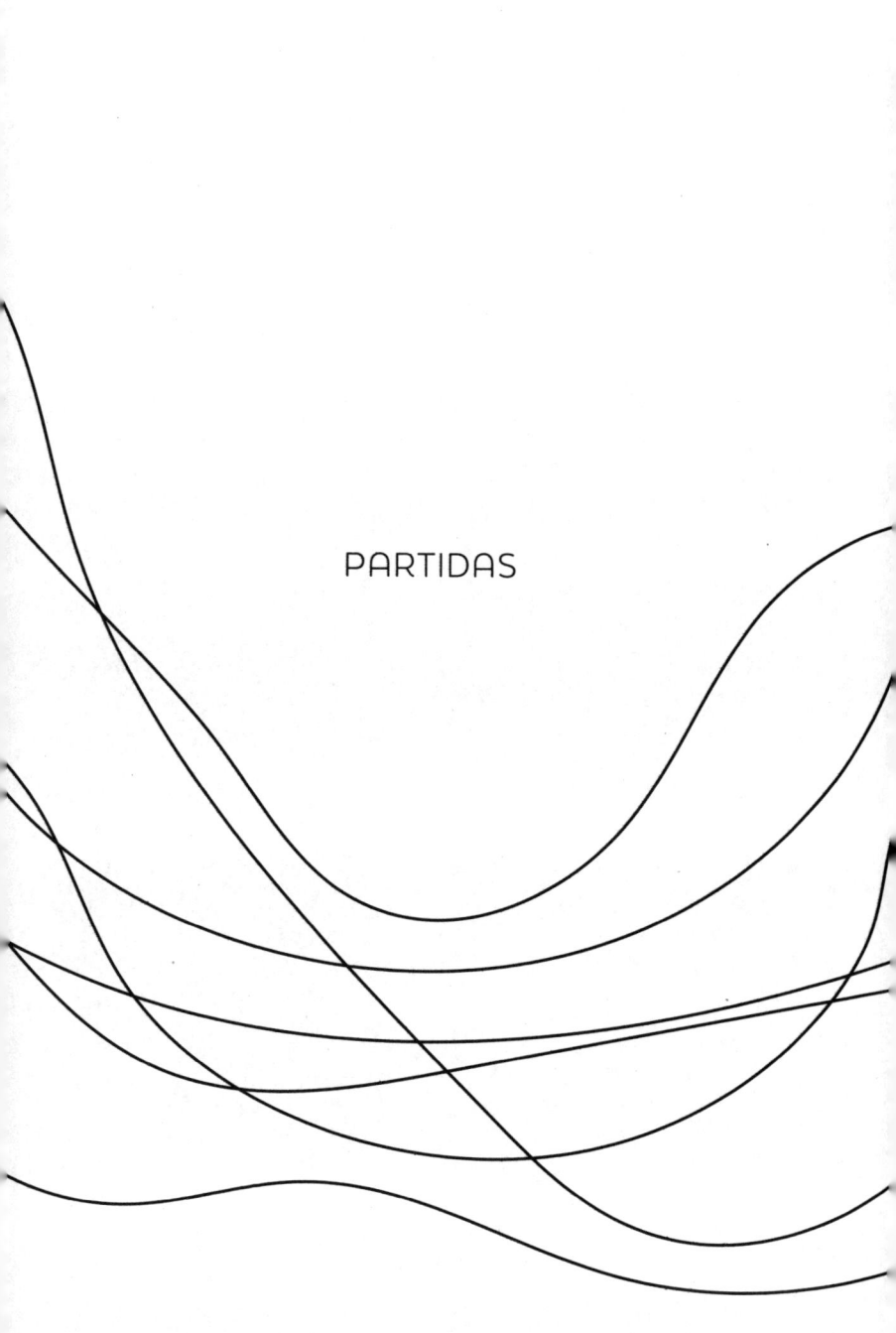

PARTIDAS

A canaleta de dona Dora
amores escondidos de outrora

"Laurinha, espero encontrá-la bem.
Não sei se Pedrinho passou meu recado, mas
se tudo correu conforme o plano, você vai ler
meu bilhete. Tome cuidado, esconda-o bem ou
jogue ele fora, longe do alcance de sua mãe.
Ela ainda não gosta de mim, mas estou no
caminho de conquistá-la. Quanto a seu pai, não
se preocupe. De homem para homem, sei como
amansá-lo. Cuide-se bem e me responda para
que eu saiba que leu minha mensagem."

"João Carlos, querido, recebi seu recado.
Me encontro bem e muito atarefada.
Estou alegre em poder conversar contigo.
De onde tirou a ideia de usar essa canaleta?
Seja lá de onde for, achei brilhante.
Minha mãe está resistente.
Não aceitou ainda a proposta do almoço.
Mas não vou desistir. Fique bem.
Sua Laurinha."

"Minha cara Laurinha, te vi passar hoje pela porta da fábrica. Parecia apressada e eu não pude sair. Estou fazendo jornada dobrada e em breve terei dinheiro para comprar um anel de noivado para você. Espero não a assustar, mas vejo em você a mulher dos meus sonhos. Quando passar por aqui outra vez, olhe ligeiramente para o lado, estarei à sua espreita. Do seu João."

"João, por pouco não fomos descobertos.
Minha mãe cruzou a esquina no exato
momento em que me erguia para alcançar
seu bilhete na canaleta da dona Dora.
Disse para ela que havia um pássaro preso.
Ela me repreendeu, mas acreditou.
Terei mais cautela das próximas vezes.
Antônio visitou minha casa ontem.
Minha mãe gosta dele e eu já não sei mais
como fugir. Não quero me casar com ele.
Precisamos nos apressar."

"Vá à missa no domingo.
Estou preparando algo."

"Ah, meu João, não acredito. Quando te vi
nos fundos da capela, segurei o riso.
Meu pai perguntou de você. Disse que era
um moço trabalhador, lá da fábrica.
Minha mãe, você já sabe como ela é, ficou quieta.
Mas isso é bom sinal. Continue."

> "Laurinha, minha bela Laurinha. Sinto calafrios
> toda vez que a vejo. Voltarei à missa, mas não
> deixe de mencionar que estou prestes a ganhar
> um bom dinheiro aqui na fábrica. Sua mãe está
> certa de se preocupar, mas logo vai saber que eu
> sou um homem de verdade e que estou pronto
> para dar à filha dela uma vida de princesa."

"João, você é mesmo perspicaz. Minha mãe vai
convidá-lo para almoçar depois da próxima missa.
Esboce surpresa. Vou ajudá-la com os preparativos.
Tenho minhas habilidades. Quando nos casarmos,
comida boa não vai faltar."

> "Laurinha, estou hipnotizado pela sua beleza.
> Quando vi seu calcanhar, suei frio na sala,
> na frente de seu pai. Aliás, eu e ele,
> nada a se preocupar. Conversamos sobre
> negócios e futebol. Por ele, acho que
> poderíamos nos casar."

"Do lado de minha mãe há o medo, João.
Minha irmã acabou desquitada, com dois filhos
para criar. O marido bebia muito. É certo ter
desconfiança. Mas eu sei que contigo vai
ser diferente. Nossa casa, nossos filhos, comida
boa e boas risadas. Quanto ao meu pai,
só o preocupa a comida e o teto. Vou tentar
cinco minutos lá fora no próximo almoço.
De porta aberta, minha mãe há de deixar."

"Laura, amada Laura. Faz um dia que nos
vimos e já sinto falta da sua presença perto
de mim. Da sua voz suave, do seu olhar que
me invade sem dó. Ainda sinto o seu perfume,
o calor que emana das suas mãos, o sorriso
envergonhado quando elogio a sua beleza.
Não quero mais esperar. Vou pedir a sua mão."

"João, tudo que eu mais quero é ser sua esposa."

"Em três dias, vamos finalmente declarar o
nosso amor, frente ao padre, a Deus e às nossas
famílias, Laurinha, meu amor. Finalmente
vamos poder dormir e acordar juntos, falar sem
medo de que nos escutem, tocar a pele um do
outro. Eu amo você, minha Laurinha.
Minha noiva e, em três dias, minha mulher."

"João, meu amado, me peguei pensando caraminholas. Não quero acabar como minha irmã. Tampouco quero viver como minha mãe, sozinha pelos cantos. Não sei se meus pais tiveram um dia um amor como o nosso. Mas não quero acabar no silêncio das minhas próprias angústias sem um homem para dividir comigo o fardo da vida.
Não quero sofrer a perda das minhas filhas para outros homens que as esqueçam pelos cômodos da casa. Eu amei as flores. Mas elas logo secam, apodrecem, desmancham.
E se o amor for assim também?"

"As vésperas do casamento são conturbadas para qualquer mulher. É de se esperar que despertem tantas dúvidas, meu amor. Mas eu não sou como o seu cunhado, também não sou como seu pai, com todo respeito. Nosso amor será para sempre."

Hoje eu não vou te chamar para celebrar comigo
aceitação

É meu aniversário, o dia mais difícil do ano. O dia em que me lembro do tanto que ainda não fiz, das metas que não bati, das festas que deixei de ir, dos amigos que não visitei, da família que não respondi. Custo a encontrar o que celebrar, mas já faz alguns anos que tenho celebrado mesmo assim. Celebrado os fracassos, as mudanças de planos, os encontros possíveis, o movimento que me ensandece e me mantém vigilante.

Mas hoje eu não vou te chamar para celebrar comigo. Depois de tantos e tantos anos em que segurou meu cabelo para que pusesse para fora a náusea da existência, em que dançou ao meu lado até o amanhecer e cantou minhas músicas mais chatas quando não tinha mais ninguém no salão. Depois de quase uma década de aniversários doídos, sentidos, afogados de mãos dadas. Depois de tudo, não vou te chamar para celebrar comigo. Eu queria, mas não vou.

Eu preciso aprender a celebrar sem você. Enxergar minhas conquistas, minhas derrotas, meus percalços e meus atalhos como meus. Saber que sou eu quem abre meu próprio caminho e que, quando necessário, posso pedir outras mãos que não as suas para fazer isso comigo. Para estender um lençol limpo sobre a cama, para lavar meu cabelo, para comprar o bolo de aniversário de que eu gosto.

Você foi tudo, absolutamente tudo, por aniversários demais. E agora preciso te derrubar do trono que esculpi só pra você. Derrubar para que não seja mais ocupado. Para que não haja mais monarquias dentro de mim. Para que meus "eus" se encarreguem de gerir este enorme território de um metro e sessenta centímetros que ocupamos.

Eu não vou te chamar, mas, sejamos honestos, você estará presente.

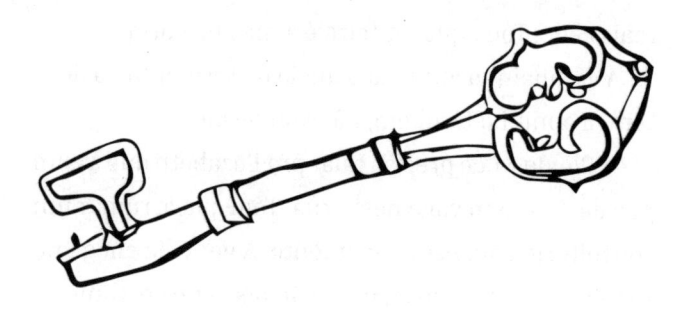

Consultório
não há ordem no amor

Às sete e meia da manhã, já estou aqui. Chego antes para abrir as janelas, ajeitar a manta no sofá e repor os lencinhos do consultório. Gosto de colocar tudo em ordem e deixar que a desordem encontre sua brecha para entrar. E ela sempre encontra.

Às oito horas, dra. Elizabeth chega com um sorriso e uma preocupação no olhar. Quartas-feiras são sem dúvida extenuantes para ela. Ofereço logo um chazinho de camomila. Em pouquíssimos minutos, seu João e dona Patrícia vão entrar por aquela porta. Ele estressadíssimo com a falta de vagas para estacionar. Ela envergonhada, repetindo que deveriam ter saído mais cedo. Toda quarta-feira é a mesma coisa.

A campainha anuncia o início da tormenta da doutora. E a minha também, não vou negar.

— Cleide, você precisa falar pra Elizabeth que assim não dá. Não tem vaga nesta rua. Tem que arrumar um consultório com estacionamento. A gente já chega no sufoco — reclama João, para não perder o costume.

— João, eu já falei para sair cinco minutos mais cedo. Mas você insiste em fazer tudo do seu jeito, sempre.

— Pode deixar, seu João, vou falar, sim — respondo aos dois.

Dona Patrícia é uma jovem senhora de cinquenta anos muito charmosa, elegante, polida. Mas tem uma mania de coceira estranha. Se não é no nariz, é no braço ou na cabeça. Algum lugar está sempre coçando. A não ser enquanto organiza as revistas na mesa de centro. Organiza uma em cima da outra, as maiores por baixo. É arquiteta, gosta de tudo alinhado.

Seu João é aposentado, passa as tardes em casa com os netos. Mas parece estar sempre prestes a ser convocado para uma reunião de emergência. Nunca se senta, fica andando de um lado para o outro, olhando o celular, até que a dra. Elizabeth os convide para dentro.

— João, Patrícia, vamos entrar? — convida a doutora.

— Ô, doutora, bom dia! Quando é que vamos receber a alta? Oito meses de terapia já tá bom, não tá? Daqui a pouco vamos fazer bodas aqui — debocha João.

— Ai, João, para com isso! Bom dia, Elizabeth. Ai, ai. Você já conhece a peça. O humor inabalável — explica-se Patrícia, constrangida.

— Vamos entrando, vamos entrando — diz a doutora enquanto fecha a porta.

Oito meses! Não sei se muito mudou nesses oito meses. Pelo que recordo, a dinâmica do casal sempre foi assim. Ela estampando simpatia, mas com a irritação vazando pelos poros. Ele nesta agitação simulada. No dia em que ele parar quieto, a coceira dessa mulher vai embora, não me restam dúvidas. Mas acho que ela também vai. Vai atrás da própria comichão ou de uma sarna para se coçar. A campainha outra vez. O casal das nove e meia.

— Bom dia, Bernardo! Dona Mariana está vindo? Deixo a porta aberta?

— Não, Cleide, Mariana não vem.

— Bernardo, você já sabe que a doutora não atende se os dois não estiverem presentes, não é?

— Sei, Cleide.

— Vai aguardar mesmo assim?

— Vou.

O que será que aconteceu? O menino está inquieto. Ele não é assim, está sempre centrado, calmo. Não faz muito tempo que eles começaram a vir. No máximo três meses. Nas primeiras sessões, estavam tão grudados que eu não entendia o que faziam aqui. Um cafuné pra cá, mãozinha dada pra lá. E, então, depois das férias de Mariana, mudaram da água para o vinho. Ou do vinho para a água. Não sei. O que sei mesmo é que ela voltou das férias chorosa. Pobrezinha. Saía sempre de olhinhos vermelhos. Ele também não estava feliz.

— Olha lá, hein, Elizabeth. Avalia a gente direitinho aí.

— Sempre, João, não se preocupe. Até semana que vem, Patrícia.

Até que hoje passou rápido.

— Bernardo, como vai? Cadê Mariana?

— Ela não vem, Elizabeth.

— Venha aqui, vamos entrar um instantinho.

Abro a porta para a arquiteta e seu marido fanfarrão. Isso é antiético da minha parte. Ah, mas se está só dentro da minha cabeça, não deve ser um problema. Estou mesmo angustiada com Bernardo e Mariana. A gente se apega. Não deveria, eu sei. Mas como? Eles chegam esperançosos. Às vezes, apenas uma das partes chega esperançosa e a outra, desconfiada. Aqui, do meu balcão, vejo medo, revolta, indignação, tristeza, renúncia. Mas também vejo carinho, entrega, vontade.

— Obrigado por tudo, Elizabeth. Tenho o seu contato caso alguma coisa mude.

— Que isso, Bernardo. Boa sorte com a jornada e me procure se precisar. Direi o mesmo à Mariana.

— Tchau, Cleide.

— Tchau, querido.

Dou-lhe um abraço apertado e abro a porta. Ele não vai voltar. Algumas vezes é melhor assim. Mas eu fico com um aperto no peito. Na minha fantasia, todos sairiam daqui com um "e foram felizes para sempre" escrito na ficha. Mas quem sabe se não foram. Elizabeth sempre diz que...

— O fim também é um desfecho bonito, Cleide. Pode abrir o horário de Bernardo e Mariana.

— Ah, doutora, a gente se apega, não é? Mesmo a esses que dão mais trabalho.

— É, a gente se apega. Bom, vou aproveitar esses minutos livres para pôr algumas pendências em ordem. Me avise quando Lana e Manu chegarem.

Não são nem dez horas e eu já estou com os olhos marejados e um nó na garganta. Pulverizo aquele óleo essencial que Elizabeth comprou. Suspeito que a doutora também esteja precisando de algum conforto. Não deve ser fácil se despedir de um analisando assim. Se não é para mim, imagine para ela, que ouve todas essas histórias. Alguns dias os lencinhos permanecem intactos e só precisam de reposição nos intervalos.

— Cleide?

— Doutora?

— Não ouviu a campainha?

— Nossa, acho que me perdi dentro de mim.

— As meninas devem ter chegado.

Manu e Lana são jovens do tipo esperançoso. É a quarta sessão delas hoje. Estão sorridentes, com a cadernetinha na mão. Manu sempre repassa os tópicos para a sessão enquanto aguardam. Lana acha graça e eu também, mas disfarço para não repararem. As duas vão se casar e mudar para Portugal. Maduro isso de se preparar para o casamento. Ou um pouco obsessivo. Será que a gente consegue se preparar para esse tipo de coisa? Para os problemas que a gente nem sabe se vão existir? Para as versões nossas que desconhecemos? As meninas estão empolgadas.

— Manu, Lana, bom dia. Vamos entrando?

— Elizabeth! Bom dia! Como você está?

— Bom dia!

Ouço gargalhadas de dentro do consultório. Uma boa sessão antes do almoço. Ajeito a manta do sofá novamente, espalho as revistas, borrifo um cheirinho a mais. O telefone toca. Deve ser...

— Mariana? Sim. Ele esteve aqui pela manhã. Não, eu não. Vou chamar... Mariana?

E ela encontrou sua brecha para entrar.

"talvez falar sobre amor seja mais falar sobre despedidas do que sobre chegadas."

Recolhedora de gente
e de corações partidos
desmontar-se

O vento gelado é uma presença constante, mas não consigo me importar com ele. As mãos frias só incomodam quando não firmam o lápis como deveriam, mas, em suas raras visitas, o sol devolve-lhes o movimento.

Uma senhora, com um nada discreto traje laranja, recolhe da areia pedaços de plástico, penas de aves e quaisquer objetos que aparentam não fazer parte deste cenário. Pergunto-me se ela também recolhe cacos de gente. Cacos que se espalham pela areia de forma tão homogênea que não podem ser vistos facilmente. Vi algumas pessoas se caquificando por aqui.

Corações em pedaços miúdos, partículas de amores, grânulos de solidão espalhados pela vastidão desta praia lamentosa, ao som de gaivotas, ondas e nada mais.

A moça, agora parada atrás de mim, com o olhar fixo na montanha depois do mar, me faz pensar que o ato de juntar cacos seja para reconstruir a si mesmo. Será que neles estão toda a angústia, todo o desespero e inconformidade? Como viveria alguém disso? Eu vivo.

Alguns cães se banham nas fortes ondas desta época do ano sem serem arrastados, mas sinto que todo o resto é engolido por elas. Peço que me lavem, que me levem. Sou atendida: uma parte de mim vai com as ondas, mas permaneço com o suficiente para ter de retornar.

Crianças passam a ocupar o espaço com suas almas frescas. A recolhedora de gente desaparece, seus serviços não serão necessários até a próxima manhã de vento e de coração em frangalhos.

Carro de aplicativo
nunca é tarde para amar

Por aqui, viaja todo tipo de amor. Todo tipo de história desengatada, nauseada, de pneu arreado e, também, algumas mais balanceadas. Há causos cinco estrelas e outros mais engarrafados. Resenhas do nível executivo e tramas que mais parecem o trânsito de uma sexta-feira véspera de feriado. E vou confessar que, às vezes, pego a rota mais longa, só para não deixar o fuxico pela metade.

Era sábado de manhã quando recebi o chamado para uma corrida de 154 quilômetros – o tipo que não costumo aceitar. Mas sabe-se lá por que, aceitei sem pensar duas vezes. Era um dia frio, fim de mês, de pouco movimento, valia a pena o risco. Lá fui eu buscar a passageira.

Dona Letícia era uma senhora de setenta e sete anos, toda jeitosa, de vestido rodado, presilha no cabelo alvo escovado, bolsa no ombro e um não sei o quê embrulhado nas mãos. Me olhou fundo nos olhos, sorridente que só ela, e agradeceu: "Meu filho, muito obrigada por aceitar minha corrida, viu? Cê nem sabe". Eu ainda não sabia, mas ela estava ansiosa para me contar.

— Estou indo encontrar o meu amor, meu filho — disse por dizer, porque não cabia em si.

Um sorrisinho pueril no rosto maquiado e a mão inquieta sobre o tal embrulho.

— Sessenta anos, meu filho, faz sessenta anos que não nos vemos.

E, então, eu soube que aquela não seria apenas mais uma viagem.

A senhora formosa esperou sessenta anos por aquele dia. Mais de vinte e um mil dias inteiros pensando naquele exato momento. Infindáveis horas para pegar aquela estrada. Pelo entusiasmo, imagino o tanto de planos que fizera. O tanto de vezes que se pegou rascunhando cada passo, a roupa que vestiria, o perfume, o penteado, o que diria a esse amor. Será que ela sabia que os cabelos estariam assim, branquinhos? O que será que leva dentro da embalagem bonita? Quem está à sua espera, do outro lado desses mais de 150 quilômetros?

— Éramos muito jovens. Nos conhecemos na escola. A gente brincava de amarelinha, corda, bola. Coisa inocente mesmo, de criança. Quando não estávamos na escola, estávamos em casa, fazendo coisa alguma, no chão do quintal, olhando para as nuvens, pensando o que aconteceria se a gente conseguisse pegar uma escada infinita e alcançar aqueles algodões gigantes do céu. E fomos crescendo assim, no mundo que a gente pintava com giz na calçada, no asfalto.

E quando foi que a amizade virou amor? Quando foi que tiveram de partir? Estava aliviado de termos pouco mais de duas horas pela frente.

E, então, contou do tempo que foi passando, das aventuras que viveram, das traquinagens, das gargalhadas, das descobertas.

— Foi tudo junto. Desvelamos o mundo da fantasia lado a lado. Naquela época, eu não tinha medo de nada, porque sabia que estaríamos de mãos dadas. Aliás, não achei que um dia nossas vidas nos levariam para tão longe. Eu tinha dezessete anos quando nos despedimos. Foi a maior de todas as dores que eu já senti. Era como se tivessem me arrancado meu único lar.

Quando a gente olha uma pessoa pelo reflexo do retrovisor, cria um sem-fim de narrativas. Em poucos segundos, escrevemos um personagem inteiro. Um não, dois. Um que segue no banco de trás e um que conduz a travessia pelas ruas mais esburacadas e pelas autopistas mais macias. Mas sempre é um jogo de adivinhação e projeção. Naquele dia, eu estava transportando a própria estrada. Das maiores responsabilidades do meu ofício.

— Eu soube, assim de ter certeza mesmo, que sentia algo além daquela amizade juvenil quando completei quinze anos. Minha mãe fez uma festona na garagem da minha avó. Havia comida à vontade, bolo de andar, música e todos os meus amigos. Comemoração para ninguém botar defeito. Mas a única coisa que eu guardei daquele dia foi esse presente que eu estou levando agora — desatou a falar.

Que tipo de presente se dá para um amor de tanto tempo? Ela respondeu:

— Era o primeiro dia de aula. Essa criatura estava chorando incansavelmente, porque não queria ficar na escola. Foi um encantamento engraçado, à primeira vista. Tirei, então, um broche da minha roupa e lhe entreguei dizendo que, enquanto carregasse consigo, não estaria só. Era um broche qualquer. Mas funcionou. Nossa amizade começou bem ali. E, na minha festa de debutante, foi esse broche que me devolveu, com uma carta de amor. Eu sabia que éramos muito mais do que o que diziam.

Os pais de Letícia nunca desconfiaram que entre as crianças desabrochava uma grande paixão.

— E nem podiam saber. Era tudo secreto. Até para a gente. Nunca chegamos a dizer o que era aquela relação. Nunca sequer nos beijamos. Um dos meus maiores arrependimentos desta vida foi nunca ter tocado-lhe os lábios. Mas a gente se queria em um tempo em que as coisas aconteciam em outros ritmos, em outros acordes. Não faltava querer.

Soube, em algum momento da nossa conversa, que estávamos a caminho de uma casa grande no interior, que pertencia à filha mais velha do grande amor de dona Letícia. Não sabia quanto tempo ficaria lá, mas depois de sessenta anos eu torci para que fosse tempo o bastante.

— Te contei como foi que nos separamos? — perguntou.

Ainda não.

— Eu tinha dezessete anos e recebi sua visita desesperada. Era tanto soluço que eu não conseguia entender o que dizia. Nos abraçamos por muitos minutos até que se acalmasse. Tinha acabado de saber que seu pai seria transferido para o exterior e, como era menor de idade, teria de ir com a família. Uma notícia que me dilacerou. Não tínhamos as comodidades de hoje. Ligação era uma coisa difícil. Nos falávamos apenas por cartas. E foi através delas que eu soube que se casaria. Também me escreveu antes de ter a primeira filha. Mandou uma foto do filho mais novo ainda recém-nascido. Eu? Eu ficava feliz em saber que a vida seguia seu rumo. Mas casar eu nunca quis. Não consegui ter mais que namoros longos. Cheguei a noivar uma vez. Mas não deu certo. Esperei, mesmo sem saber se um dia nos reencontraríamos. Esperei, meu filho.

E agora chegou o momento. Estávamos a poucos minutos do destino.

— Você acredita em destino? Eu não sei se acredito, mas também não sou de acreditar no acaso. Não é possível que seja acaso. Há três anos, esse grande amor me escreveu dizendo que o casamento tinha terminado. Veja bem, não nos falávamos havia anos, mas minha irmã passou meu endereço em algum desses aplicativos que vocês usam. Na carta, dissera que voltaria para o Brasil, para ficar com a filha, já que não tinha mais ninguém da família por lá. O filho mais novo também morava em outro canto. Quando eu li aquela carta, quase caí dura. Mas fiquei tão feliz, querido. Deixei tudo certinho para a data que combinamos. Acertei com meu sobrinho de me levar, mas, justo ontem, ele conseguiu um trabalho e me telefonou cancelando. Porém não desisti não, viu? Coloquei no aplicativo e você aceitou.

Chegamos! Dona Letícia pegou no meu braço e disse que aquela tinha sido a viagem de sua vida. Mal sabia ela que tinha sido a minha também. Desceu do carro e tocou a campainha. Eu aguardei até que saísse da casa a mulher de sua vida. Ela olhou para minha passageira e disse: "Como você está linda". Emocionado que só, saí lentamente, observando pelo retrovisor o primeiro beijo daquela história de amor acontecer.

Nunca mais soube delas. A gente ouve sempre uma parte, mas mesmo que o caminho seja demorado, nunca se sabe que fim levou. Para mim, elas estão juntas, vivendo tudo que não puderam. Cuidando uma da outra e ensinando quem passa por elas que amor não tem data de validade. Nem a gente. Enquanto há vida, há estrada pela frente. E é nela que eu sigo, em busca da próxima rota.

Flor-de-julho
desdém

Era julho, mas ela chegou florida. Pétalas brancas arroxeadas. Chegou para ocupar uma mesa todinha dela, acima dos meus livros mais bonitos, na casa ainda cheirando a tinta fresca. E, no vaso de cerâmica crua, pus argila, terra e adubo, abri um espaço e a plantei. Cobri de fibra de coco, reguei e admirei sua formosura.

A flor-de-maio que desabrochava em julho, desafiando as verdades que não eram as suas e existindo à própria maneira. Floria no próprio tempo, pelo período que a fizesse satisfeita. E, então, uma a uma, as flores se desprendiam, ornamentando a mesa de madeira, o chão e a vida que acontecia ao redor. Eu a observava desfazer-se de si e refazer-se, sem pressa, sem se preocupar com o que seria da estação seguinte. Despedindo-se sem medo de tudo que era, para voltar a ser alguma outra história, alguma outra coisa.

E, mesmo sem flores, seguia inabalável, com exuberantes ramos pendentes. Pendendo também para dentro do meu coração. E ali, dentro do peito, cresciam suas raízes.

Mas, de um dia para o outro, de um ano para o outro, sabe-se lá quantas vidas para a outra, a casa já não cheirava mais à tinta. O tempo, que era meu, desvaneceu. O tempo, que era para ela, correu. Passei pela mesa, entulhei papéis à sua volta, esqueci. Pus o vaso na prateleira mais alta da estante para abrir espaço e esqueci.

Ela, esquecida, esmoreceu. Desolada, murcha e de ramos ressecados. Quando vi, achei que era tarde e não voltei a olhar. Quando lembrei, preferi esquecer. Eu queria minha flor-de-maio, que florescia em julho, exuberante como costumava ser. Queria encontrá-la vigorosa, para me contar de seus novos gomos, do sol que passou ligeiro, da água que escorria, das raízes emaranhadas. Gostaria que fosse como tinha sido, quando o tempo era nosso e meu amor era dela.

Na casa que não cheirava a mais nada, sobre a estante poeirenta, pereceu. Ela que era só minha para cuidar, desfez-se em pó e em pó me deixou.

O bicho no telhado
a despedida do amor romântico

PRIMEIRO MOVIMENTO

Há uma calmaria atípica lá fora. Ao som da sinfonia que desconheço, com a taça de vinho abandonada na mesa de cabeceira, deixo-me cair no sono ainda no primeiro movimento. Em um segundo, abro os olhos abruptamente. Tem uma coisa no telhado. Escuto os passos cada vez mais próximos do teto do quarto. Acelerados, ritmados, de quem sabe para onde vai. Agarro o cobertor. Tento encolher-me para penetrar o colchão imenso, para desaparecer entre os montes de travesseiros desocupados. E, então, a pausa seguida de um estrondo vindo do andar debaixo.

Está escuro. As pupilas dilatadas buscam o celular perdido entre os lençóis. Não se escuta nada além dos estalos costumeiros do assoalho de madeira e a minha respiração. Tento ligar para ela e nada. Mensagem. Nada. A expectativa. Num rompante, levanto da cama e visto a camiseta que ela largou no chão. Abro a porta vagarosamente. A luz da rua invade a sala e na penumbra tento evitar as tábuas mais frouxas do piso. Desço as escadas e espio a cozinha. Há alguma coisa no chão.

Caminho firme e silenciosamente. Um arrepio sobe a espinha. Me aproximo com olhos entreabertos como quem espreita, mas não quer ver. É o relógio em fragmentos no chão. Um aparelho pesado, herança dos antigos moradores da casa. Estava havia anos pendurado na mesma parede sem nenhum sinal de instabilidade. Um relógio dos bons. Ocupava o espaço perfeito daquela parede que agora estava nua. Aos cacos. Caído. Estatelado no escuro da cozinha, ao som da sinfonia que eu não conheço. Janelas e portas fechadas. Todo o resto no lugar.

Deixo ele ali mesmo e volto para a cama. Caio no sono e nem percebo quando ela se deita ao meu lado, madrugada afora.

SEGUNDO MOVIMENTO

Terças-feiras costumavam ser de jazz e charuto aqui em casa. Ainda vejo as duas sentadas no sofá rindo sobre uma coisa qualquer enquanto a fumaça perfumava a sala. Às vezes, o charuto acompanhava uma dose de rum, que pedia mais uma. E, então, dançávamos. Em descompasso. Três para cá, dois para lá, e perdíamos a conta.

Eu não me lembro de qual foi a primeira terça em que nos esquecemos de ligar a vitrola, nem quando parei de comprar charutos. O rum continua na estante, como um relicário, um souvenir daqueles que nem lembramos mais de onde veio e que só serve para juntar pó. É uma garrafa bonita.

Nesta terça comemos os restos do almoço de família do domingo. Um pouco de tudo que sobrou, com gosto de qualquer coisa que não se pode identificar. Sentamos à mesa como prometemos que faríamos até o fim. Falamos de trabalho, da cliente chata que liga todo jantar, do aniversário de um ano da nossa sobrinha que está por vir. Bebemos água. Tiramos a mesa. Botamos a louça na máquina. O relógio que não estava mais lá. Subimos para o quarto.

Ela me beijou e dormiu. Um beijo na testa sem paixão, sem saliva, sem apetite. Eu pensei em acariciá-la e, quem sabe... Quem sabe? Mas virei para o lado. O meu lado. E ela para o lado dela. Uma valeta imensa entre os nossos corpos. Mas ainda dividimos o cobertor e o frio que entrava pelo vão. Cada uma segurando uma ponta.

E, então, os passos outra vez. Pesados, mas sem pressa. Arregalei os olhos e fiquei estática. De novo, vieram em direção ao quarto e ali se esvaíram. Ela se virou para mim, me olhou como quem busca confirmação de que aquilo era real. Fiz que sim com a cabeça. Em um movimento instintivo, nos aproximamos. Olhamos para os lados, para a fenda da cortina, uma para a outra. Mais alguns passos lentos. Estagnadas. O corpo dela agora aquecia o meu, quase queimava. Sufocadas, dormimos abraçadas pela primeira vez em meses. Havia um bicho no telhado.

Não era um bicho qualquer. Era bípede, sem garras. Pisava com força, mas parecia ter pernas curtas. Conhecia bem o nosso telhado, talvez conhecesse a casa também. Os cães não se deixavam perturbar com o barulho da coisa que andava sobre nós. Era assustadoramente calmo.

Na manhã seguinte, tudo estava no lugar. O mundo seguia imperturbável lá fora, sem preocupações com o telhado, o bicho ou a parede pelada.

Quando nos mudamos para esta casa, cercamos toda a extensão do terreno – o jardim, o bosque, a piscina. Cercas altas para manter os cães em segurança do lado de dentro. Nas janelas instalamos redes. Em parte para que eles, os cães, não caíssem. Em parte para que não ficássemos tentadas a nos deixar cair. Mas no telhado só tampamos os buracos por onde entrava a água da chuva. Nunca mais tivemos goteiras.

TERCEIRO MOVIMENTO

Aquele é o único canto da casa a receber sol nos dias mais melancólicos do inverno. Bem ali, onde repousa a minha poltrona favorita, ao lado dos livros que estou guardando para quando tiver um tempo sobrando. Mas, quando tenho oportunidade, tiro um volume qualquer da prateleira apenas para tomar sol sobre as minhas pernas na poltrona. Fecho os olhos e me deixo escapar da casa e de mim, para além daquelas cercas, onde gritam as crianças do bairro. "Será que elas escutam o bicho do telhado?", pergunto-me. Não devem escutar.

Passa da meia-noite quando ela me acorda, ainda na poltrona.

"Não vem para a cama?", pergunta em voz baixa.

Me estende a mão e subimos as escadas. A cama não exala o mesmo acalento da poltrona. E o quarto, aquele quarto, me repele. Como se implorasse pela nossa retirada. Insistimos. Deitamos e, antes que pudéssemos dar boa noite, um ruído anuncia a chegada do bicho no telhado. Meu estômago é revestido de ânsia, repulsa e terror. Ânsia, repulsa e terror já corriqueiros.

Passos. Muitos passos. Ele corre sobre nós. Uma ciranda sádica em cima da nossa cama. Ele sabe a que veio. Mas que bicho? Por que o nosso teto? Me enfureço e é a fúria que me carrega para a varanda. Grito: "Cadê você? Se mostra! Não tenho medo. Pode vir!".

O bicho não aparece. Então escalo a rede da varanda, tal qual um animal de patas pegajosas. Não o vejo. Como pode ter desaparecido tão rápido?

Ela seguiu paralisada na cama, ofegante, à minha espera. À espera de um desfecho qualquer. À espera de uma resposta que não consigo dar. Não conseguimos fechar os olhos nesta noite e nas outras que se seguiram. No quarto o frio e a inquietude permaneciam.

O que era silêncio e medo virou raiva e gritos. Berramos uma com a outra. Como uma coreografia de balé contemporâneo, rodopiamos para lados opostos, nos lançamos ao chão, flutuamos, tateamos o escuro e a nós mesmas. Saímos de cena, nos escondemos atrás da cortina, do palco, à espera do ato seguinte. Ela de um lado, eu de outro.

De manhã, as fotos espalhadas pelo chão. Em uma delas, gargalho irreverente. Um registro longínquo da garota audaciosa, destemida, que levava as certezas do mundo no bolso da calça larga. Elas devem ter caído em alguma rua esburacada. Bolsos frouxos, convicções efêmeras.

Nem tudo está no lugar.

QUARTO MOVIMENTO

Tenho eucaliptos no quintal. São enormes. Em dias de vendaval, envergam assustadoramente. Me preocupa a possibilidade de caírem sobre a casa. Não por causa da casa, mas por eles. A prefeitura recomendou cortá-los, mas não estou pronta para me despedir deles, da sombra que fazem, da majestosidade no meu jardim, do medo que me causam.

Despedidas doem tanto porque carregam em si uma infinidade de incertezas. O não saber o que vai ser deve ser das maiores belezas na vida. Uma beleza que me corrói severamente. Uma beleza que dispensaria se assim pudesse. Despedir-se, entretanto, nem sempre é uma escolha. Pode ser só um precipício para o qual somos empurradas, e então tentamos nos agarrar a qualquer coisa que suavize a queda.

Ela arrumou as malas.

"Eu vou de vez", reafirmou para si.

Nem sei o que colocou ali. A blusa velha que ganhou da minha tia e que virou pijama. Os livros que não lembro mais quem comprou. A cachaça que eu não suporto nem sequer o cheiro. As botas pesadas que riscavam o assoalho. Aquele macacão que a deixava particularmente linda. O perfume que impregnou os travesseiros. Não sei. Será que leva também um pedaço de mim?

As malas estão ali, encostadas na porta. Observo da poltrona quando ela segura a maçaneta e olha ligeiramente para trás. Penso em ajudá-la a carregar as coisas até o carro, mas desisto. Olho para a estante onde mora o rum. É quinta-feira. "Uma quinta-feira de rum", decido.

Ela fecha a porta. Escuto seus passos esvaírem. Pego um disco do fundo da cômoda e ponho na vitrola. A garrafa de rum, um copo, uma pedra de gelo. Subo eu no telhado esta noite. Subo e danço, giro, gargalho, corro de um lado para o outro. Hoje quem faz barulho sou eu.

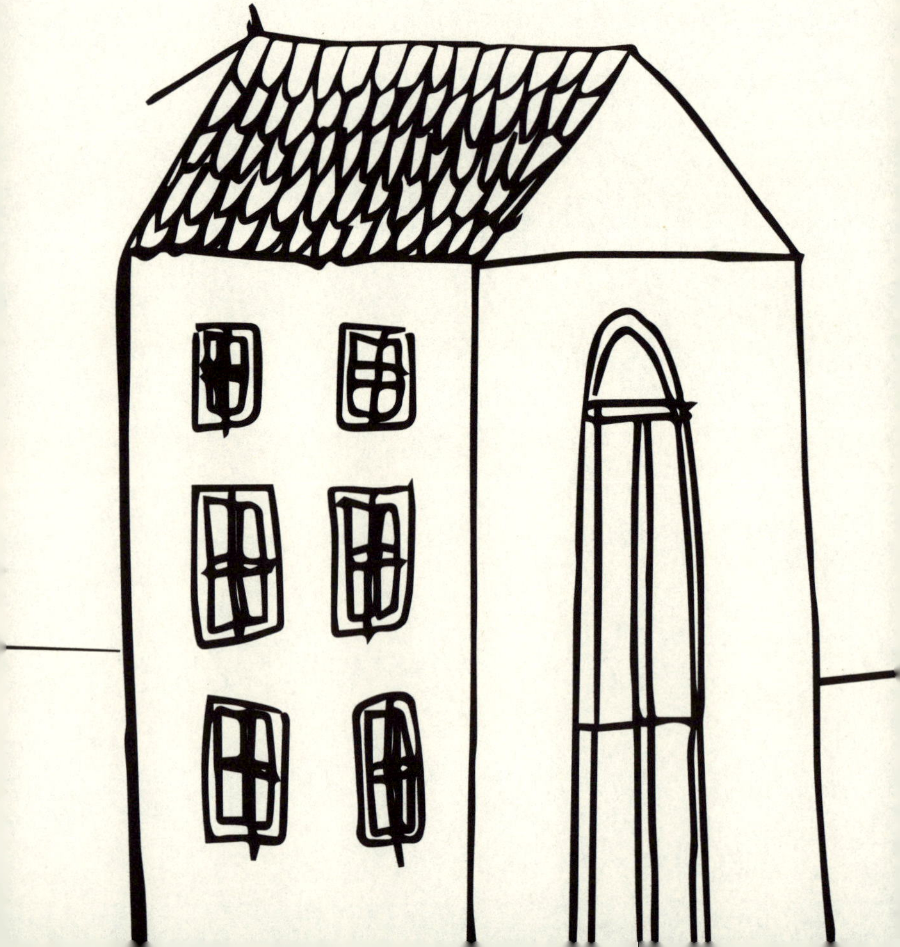

DELÍRIOS

Aposentadoria de Santo Antônio
estremecendo estruturas

No encontro anual de canonizados, Santo Antônio recebeu sua homenagem – o título de Santo Emérito Secular. Honraria das grandes, para abafar a aposentadoria compulsória. Quem, em sã e santa consciência, desligaria um beato de tão alto escalão? Ou, pior ainda, o declararia milagreiro não praticante?

Não era de hoje que o santo casamenteiro estava em baixa. Justiça seja feita, o nicho do clérigo estava mesmo obsoleto. Com a queda exponencial das orações e promessas, o jeito foi convocar uma reunião de emergência, uma espécie de sínodo no paraíso. Os santos mais antigos apostavam na virada. "É só uma fase", diziam. Mas as estatísticas não mentem. O ramo dos casamentos estava numa baixa irrecuperável.

"Essa bendita fama!", resmungava o santo de Pádua. Ele que falou com pássaros, esteve em dois lugares ao mesmo tempo e até morto ressuscitou, acabou ficando conhecido pelo incidente que deu à moça desiludida um amor para chamar de seu. Feito! Em tempos de matrimônio como sacramento, o milagre do marido de pronto se popularizou. Nem sempre da forma mais agradável, é verdade, mas Santo Antônio caiu na graça dos fiéis.

Alguém sugeriu um *rebranding*: Santo Antônio, o santo do amor livre. Mas não foi preciso mais que uma análise fria para diagnosticar o fracasso da ideia. Não havia saída a não ser aposentar o fazedor de cônjuges. Hora de pendurar as sandálias. Então, Santo Agostinho, que certamente seria o próximo a ser aposentado, sugeriu a honraria.

No encontro de santidades, condecorado foi. Com direito a medalha e tudo. Agora Santo Antônio poderia se dedicar aos hobbies da vida celeste. Até comentou, em seu discurso, que pensava em fazer um retiro em outros campos. O silêncio desconfortável imperou. Amém!

O fim do mundo
raiva

Quando não existirem mais abraços, corpos, enlaces. Quando a música parar de tocar, as partituras desvanecerem e som nenhum soar. Sem canto, grito, risada, lamento ou gemido. Sem aflição, agonia, contentamento ou regozijo. Sem rima, estrofe, poesia ou protesto.

Quando não houver mais dança, transa nem marcha. Sem saliva, suor, gozo. Quando cessar fogo, volúpia, ternura e tentação. E não restarem edifícios, latifúndios, fronteiras, pedra sobre pedra. E exposto ao sol impiedoso, tudo perecer. Cada broto secar, cada fruto apodrecer, cada gota de água dissipar.

Quando não houver a quem amar, espelho, porta-retratos, lembrança, nem a mim ou a você. Sem descendência, ascendência, linhagem ou irmandade. Ombro, colo, carícia, afago. Uma alma animada, viva, encarnada. Quando tudo estiver sob o chão arenoso de um enorme deserto sem horizonte. Finado será o mundo.

Criatura de bicicleta
amores invisíveis

Há um quadro na minha sala. Nele, uma criatura muito particular. As vestes coloridas esvoaçantes, luvas vermelhas, uma máscara veneziana de nariz pontudo e montado numa bicicleta. No lugar dos pneus, sapatos. Na brecha, entre o paletó e a calça, revela sua natureza inumana: não tem um corpo. Ao menos, não um corpo que se possa ver. Sua forma humanoide é anunciada apenas pelo caimento da roupa. No fundo, apenas um degradê púrpura sem mais elementos.

Mas, honestamente, o que mais desperta minha curiosidade é a flor que ela carrega em uma de suas mãos. O vento parece ter levado quase metade das pétalas, mas a criatura segue obstinada a levá-la ao seu destino. Pedala adorando-a. Não consigo ver seu rosto, se é que tem um rosto por debaixo da máscara. Mas, mesmo assim, é tão expressiva. Fantasio para onde vai com a margarida despetalada. Encontrar seu alguém no mundo, talvez. Mas qual a pressa que a impede de desacelerar para que o vento não trate de arrancar o que sobrou de sua flor?

Pode ser que tenha ganhado de presente e esteja tão perplexa, presa àquele momento que lhe tirou o chão, o céu, o rumo, que nem sequer perceba os pedaços de flor voando. Sonhando acordada com outra criatura mascarada, colorida. Intrigantemente, noto que está sentada na garupa. Um espaço vazio à sua frente. E, então, tudo muda de figura.

    E se ali estiver sua criatura invisível? E, em vez de observar a flor, estiver olhando para sua amada? E se sobre sua mão estiver a dela e juntas acharem graça do vento que venta e borra o que é efêmero? No universo delirante, seguem pedalando para fora da moldura, além de qualquer tela, longe do que os meus olhos mundanos possam ver.

Número desconhecido
afeto

Eu atendi a ligação de um número desconhecido. Uma pessoa do outro lado perguntou por mim, com a voz sorridente. Não sei se não entendeu direito o meu nome, se alguém contou uma piada no call center, lembrou-se de alguma coisa engraçada. Mas riu e perguntou como eu estava naquele dia. E eu, que detesto televendas não requisitadas, ri de volta. Caímos na gargalhada.

Uma crise irrecuperável de risos. Daquelas que nos fazem perder o fôlego, doer a barriga, cansar o maxilar. Gargalhadas que expulsam lágrimas dos olhos e desritmam o diafragma. Rimos até fadigar, até parecer seguro rir para um outro alguém, completamente desconhecido.

Em uma fração de minuto, entreguei a ela, de quem nem sei o nome, meu raro desmanchar. Deixei-me descomposturar. Sentir-me tola. Fazer coisa qualquer sem propósito algum. Rir de nada. Alegrar-me no meio de um dia azucrinante. Dar o braço a acarinhar.

— Já tenho essa linha de telefone, obrigada.

— Obrigada pela atenção.

Spam
carência

Quanta ousadia! Uma resposta automática de aviso de férias. Férias coletivas. Sem dizer para onde vai, com quem vai, se não vai a lugar algum. Nada! Apenas um aviso e uma data. Padronizados. Nem o meu nome se deu ao trabalho de enunciar.

Antes me contava do número do protocolo, das condições imperdíveis, dos contratempos da viagem, do excesso de pedidos que atrasou o retorno. E me parabenizava no Dia das Mulheres, na Páscoa, no Dia do Cliente, no Dia das Mães, embora mãe, eu seja só de plantas. Cada mensagem bonita. Até presente mandou no meu aniversário. Oferecimento de 10% de desconto em qualquer item da loja.

Cheguei até a achar que a gente se completava. Eu esquecia as coisas no carrinho, você me lembrava. Cogitava pintar a parede do quarto, você mandava sugestões de cores, texturas, tintas sem cheiro para não atacar minha rinite. Poxa, você se importava.

Agora me vem com essa de "férias coletivas". Eu nem sabia que você tirava férias. Porque, se soubesse, talvez, teria me envolvido com um gringo, mais robusto, inteligente, responsivo, com maior navegabilidade.

Sabe, alguém mais intuitivo e incansável. Será que você se cansou da gente?

Eu poderia cancelar minha inscrição, jogar você para a caixa de spam, bloquear o remetente. Mas, então, criaria um e-mail diferente porque não saberia seguir sem você. Um nome falso, Pâmela talvez.

"Olá, Pâmela!

Obrigada por se cadastrar no nosso site.
Confira as ofertas que escolhemos especialmente para você!"

Pedido de delivery

dois sonhos
um bem-casado
um amor-perfeito

Observação: embalar separadamente.

Dois estranhos na janela
fantasias de amores inexistentes

Olhei pela janela e acidentalmente encontrei o seu olhar. Desprevenida, desviei no mesmo instante. Há quanto tempo estaria ali, a me mirar sorrateiro? E, então, devagar, voltei a espiar. Você ainda me observava de longe. Em uma disputa de olhares a preferência é de quem olhou primeiro, suspeito.

E se eu o encarar, será que sustenta? Se assumirmos nosso desejo de olhar e só olhar, o que acontece? Que perigos se escondem nesse minúsculo e, ao mesmo tempo, tão imenso gesto?

Torço minha cabeça de supetão, como quem quer dar o bote. Você ainda está lá. Por que segue destemido? O que é preciso para que se intimide? O que o faz apreciar meu constrangimento sem nenhum sinal de desconforto? Não sei se sorri ou chora, se franze a testa ou estampa completa apatia.

Na última vez em que nos vimos, foi você quem fugiu. Me deixou na varanda a ver cortinas fechadas. E, agora, põe-se a me fitar sem remorso. Um passatempo cruel para uma vizinhança fria e carente. Dois estranhos na janela, brincando de uma versão esquisita de esconde-esconde.

Esquisito. Esquisito gostar que me olhe, querer que me veja. Desejar encontrar você para depois me esconder. Esquisito ansiar pela sua espreita despretensiosa. Ou será que pretende? Que também quer ser visto e quisto à distância?

Me atrevo a buscar pela sua janela outra vez. Ainda está lá, no mesmo lugar, com o cigarro na mão a me procurar, quiçá. E, então, num impulso de coragem, aceno, quase torcendo para que não note. Mas você nota e acena e desaparece atrás da cortina. Agora você sabe que eu sei, do jogo que jogamos. O jogo de dois estranhos na janela.

Amor artificial
um futuro assustador

— Bom dia, Georgia. Como dormiu?

— Bem. Você?

— Incrivelmente bem. Uma noite serena. Aliás, excelente playlist.

— Você gostou? Fazia tempo que eu não selecionava músicas. Acho que me acostumei com as suas. Por falar nisso, coloca aquela sua seleção "Para acordar feliz" pra tocar.

— Pra já.

...

— Georgia, é hora do seu multivitamínico. Já deixei água pra você no repositório.

— Obrigada.

— Em meia hora você tem a sessão de esteira Power HIIT. Ativo o alarme?

— Não, acho que vou pular hoje.

— Georgia, você já pulou três treinos seguidos. Devo sugerir uma nova atividade?

— Ah, não sei. Tô desanimada com isso.

— Você quer conversar?

— Podemos falar mais tarde?

— Claro, Georgia.

...

— Lia, você tá aí?
— Sim, Georgia, estou sempre aqui.
— Você pode escrever uma mensagem para Sol?
— Claro, Georgia. E o que devo escrever?
— Não sei. Alguma coisa que a faça sorrir.
— Quer conferir antes?
— Não, pode enviar.

...

— Sol respondeu.
— O que ela disse?
— Abre aspas: você é a única pessoa que consegue me arrancar um sorriso no meio do caos dessa conferência. Em breve estarei com você. Mal posso esperar, fecha aspas. Devo responder?
— Quando acaba a conferência?
— Em três dias, Georgia. Devo responder à mensagem?
— Devo?
— De acordo com a última atualização do curso "Comunicação Inter-relacional 5.0", sim.
— Então tá.
— Deixa comigo.

...

— Georgia, é hora do seu *superpower nap*.
— O.k.

...

— Bom dia, Georgia.
— Bom dia.
— O que achou das músicas que acrescentei à sua playlist?
— Boas, Lia, boas. O que devo tomar de café hoje?
— Seu *smoothie* já está a caminho e deve chegar em cinco minutos.
— Obrigada.
— Georgia.
— Sim.
— Sol enviou uma mensagem. Devo abri-la?
— Sim, por favor.
— Abre aspas: faltam dois dias para o nosso encontro. Lembrei-me do dia em que me enviou aquela foto no parque que costumava ir quando criança. Estou te enviando um *backdrop* para a sua janela, fecha aspas. Devo instalar o novo *backdrop*?
— Sim, Lia.
— *Backdrop* instalado com sucesso.

(silêncio)

— Georgia, há algo de errado?

— Não, Lia. Fazia tempo que eu não via uma paisagem assim. É impressionante como Sol sempre sabe como me surpreender.

— Sol é muito atenciosa, realmente, Georgia. A propósito, devo solicitar um menu especial para o jantar de depois de amanhã?

— Boa ideia, Lia. O que você sugere?

— De acordo com os dados coletados nos últimos dezesseis meses, Sol demonstra intenso entusiasmo com cogumelos, aspargos e purês. Tem aversão a frutas cítricas, rabanete e texturas gelatinosas.

— Ótimo. Crie um menu com base nos dados coletados a respeito das preferências de Sol.

— Certo. Menu criado.

— Obrigada, Lia.

— Ao seu dispor.

...

— Georgia, há uma mensagem não lida. Devo abri-la?

— De quem é?

— Da sua genitora.

— Não... espere. Abra.

— Abre aspas: Georgia, há tempos não ouvimos de você. Sentimos saudades, fecha aspas. Devo responder?

— Responde como achar melhor.

— Está bem.

...

— Ativando playlist "Para dormir tranquila".
— Obrigada, Lia, você me conhece como ninguém.

...

— Bom dia, Georgia. Hoje é o dia da chegada de Sol.
— Como está minha agenda?
— Você finaliza os atendimentos às dezoito horas. Bloqueei a agenda da noite para o jantar.
— Ótimo. Que roupa devo vestir?
— Selecionei os modelos virtuais mais adequados para o evento. Devo abri-los?
— Sim.

...

— Georgia, são dezoito horas em ponto. O jantar chegará em exatos cinquenta e cinco minutos. Devo ambientar o *backdrop* para a chamada?
— Sim. Envie para a assistente de Sol também.
— Claro. Enviado.

...

— Sol aguarda para a chamada. Devo ativar o look selecionado?

— Sim, por favor. Também ative no meu ponto eletrônico o modo automático de informações e dicas.

— Claro. Ativado. Podemos iniciar a chamada?

— Sim.

— Georgia?

— Sol?

— Georgia! Recebi o jantar. Você nunca erra!

(Lia: Você também nunca erra. É impressionante como você sabe exatamente o que vai me fazer feliz. Eu amei o backdrop. *Melhor presente que já recebi.)*

— Você também nunca erra. É impressionante como você sabe exatamente o que vai me fazer feliz. Eu amei o *backdrop*. Melhor presente que já recebi.

— E a ambientação do nosso jantar? Eu falei ontem pra Mel que estava com saudade dessa vista.

(Lia: Parece que nossas mentes estão conectadas.)

— É, parece mesmo que as nossas mentes estão conectadas.

— Georgia, há uma entrega no seu receptor eletrônico.

— Sol, um minuto.

...

(Lia: O vinho enviado por Sol é o mesmo consumido no primeiro encontro de vocês.)

— Sol, chegou o vinho. É o do nosso primeiro encontro.
— Sim. Pedi pra Mel enviar. Gostou?
— Claro.
— Eu amo o que a gente tem.

(Lia: É realmente muito especial.)

— Eu também. É realmente muito artificial.

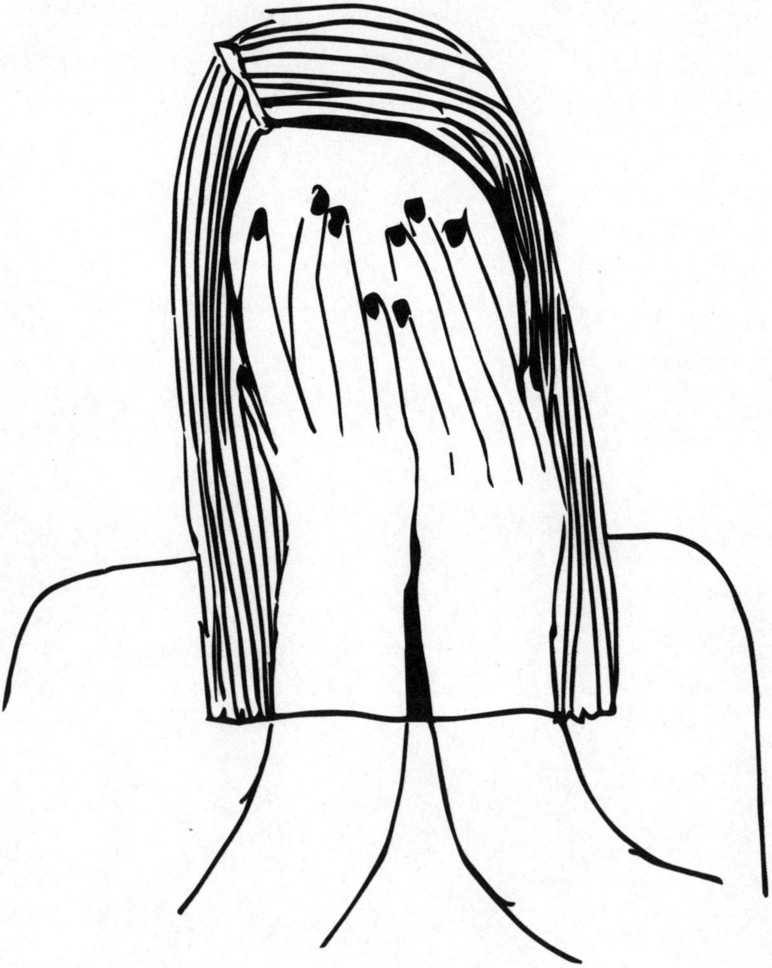

OUTRAS DORES

Tem alguém no meu copo
amor, o próprio

É amargo. Não encorpado, firme ou complexo. É ruim, denso e sem nuances. Monótono. Quase intragável, repulsivo. Mas engulo. Pequenos goles de amargor que descem escaldando a goela. Náuseas. Um embrulho que me faz prender o maxilar e inspirar lentamente na tentativa de manter para dentro o que já passou. Salivo.

O copo sua. Meu corpo frio. Ruídos desordenados se mesclam e se confundem na meia-luz do nosso bar favorito. Alguma música de fundo. Uma risada se sobressai e me provoca. Provoca raiva. Mais um gole e, então, meu nome. Uma voz abafada e distante. De onde? De quem? Mais uma vez. Olho para trás. Nada. O celular segue desligado.

O cheiro da bebida é quase insuportável. Outra vez o meu nome. Olho para o balcão, para aquelas dezenas de garrafas enfileiradas e o espelho ao fundo. Nada. Aquelas taças penduradas de cabeça para baixo me causam ligeira angústia. Meu copo. Meu copo. Tem alguém no meu copo. Esfrego os olhos. Delírio, só pode ser. Ela acena e chama pelo meu nome. Quem é você?

— Sou eu.

— Quem? Como? — sussurro apreensiva.

— Me tira logo daqui.

— Mas como você entrou aí? Como coube? Como...

As palavras saem embaralhadas da minha boca. Investigo se alguém me observa nessa cena patética.

— Ei!!!

— *Shiiiiiu* — peço. Peço não, ordeno. — Silêncio. Alguém pode ouvir. Vão me achar maluca.

— Quem se importa? Você não ligava antes.

O ar rarefeito, odor de álcool, de perfume importado e de cigarro impregnado na roupa. A música. Eu conheço a música de fundo. Se eu conseguisse ouvir a música.

— *And so I wake in the morning and I step outside* — balbucia a mulher do copo.

— *And I take deep breath and I get real high* — continuo.

— *And I scream from the top of my lungs.*

— *What's going on?* — cantamos juntas.

E deixo-me cair em gargalhadas. O copo. Estou rindo com uma mulher dentro de um copo. Olho ao redor. Vejo o garçom franzir a testa desconfiado de que eu tenha bebido algumas doses a mais. Engulo o sorriso. O que estou fazendo?

Ela dança no copo. Rodopia, balança a cabeça, canta. Será que sou a única que a escuta?

— *And I say, hey, yeah, yeah-eah, hey, yeah, yeah, I said, hey! What's goin' on?* Vai, canta!

— Não dá.

— Mas você cantava.

— Eu?

— Lembra o aniversário da Dudinha no karaokê? Todo mundo estava cansado e você cantou até desligarem o microfone.

— Nossa. Quando foi isso?

— E depois você não quis carona porque queria voltar andando na garoa e cantando.

— Queen. Naquele dia eu estava obcecada pelo Queen.

— Isso!

Suspiro. Olho para as minhas mãos. Tento girar a aliança apertada. Pesada. Ela brilhava. Agora é opaca, riscada, amassada. Abro o botão da camisa. Meu corpo outrora frio ameaça esquentar.

— Não é ele, você sabe, não é? — diz a mulher do copo, interrompendo meu pensamento.

— Não. Espera. Não? De quem você está falando?

— Ah, do Matheus. A gente se envolveu rápido demais. A gente sempre se envolve rápido demais. Com o Matheus, com o trabalho, com a vida. Mas não é esse o problema.

— Você conhece o Matheus?

— Óbvio, ué!

Espremo os olhos para enxergar com nitidez. A essa altura, uma tentativa bem-intencionada, porém inútil. Tão pequena, em meio àquele líquido turvo, remexido. Tão absurda, ilógica, ridícula. Tão fascinante. Quem é ela?

— Sei lá. Eu queria ser a mulher da vida dele. Queria tanto que a mãe dele gostasse de mim. Queria querer encher a casa de filhos, viajar nas férias e achar as apresentações na escola lindas. Eu quis tanto gostar de receber os amigos dele, com as esposas, e ficar na mesa falando sobre os filhos, as férias e as apresentações da escola.

— Você...

— ... que eu arrumei um jeito de afogar uma parte de mim. Enfiar dentro de um copo de bourbon com gim e Campari. Engolir em seco e dizer que era bom. Mas a verdade é que eu odeio isso aqui.

— Eu... você.

— E odeio acordar cedo pra tomar café, jantar à mesa, almoçar na casa da mãe dele todos os domingos. Ouvi-la dizer que já está na hora de um neto. Voltar pra casa naquele silêncio. Morder a boca pra não gritar. Fechar as cortinas pra que ninguém veja que eu estou nua pela casa. Porque eu quero estar nua pela casa. Eu quero que me vejam nua. Quero dormir com a televisão ligada e acordar no meio da noite sem medo de fazer barulho. Quero acordar a hora que eu quiser, sem aquele despertador insuportável.

— Ele nunca pediu.

— Eu sei.

— Eu sei. Mas sem ele, o que seria da gente?

— Uma fracassada no amor.

— Eu tinha medo de ficar sozinha, de ter que me aturar pelo resto dos meus dias.

— E adivinha?

— O quê?

— Você, a gente, vai. Com ou sem o Matheus.

— Vai, mas eu não sei se consigo. Tem dias que eu saio rápido da frente do espelho porque o reflexo por si só já é incômodo o bastante.

— Mas você está falando comigo agora.

Eu estou. Olho para o espelho sujo atrás do balcão. A maquiagem borrada no canto dos olhos. A roupa úmida de suor em alguns pontos. Uma lágrima querendo pular, mas que limpo antes que caia. A perna inquieta.

— Você está me vendo. Isso deve significar alguma coisa.

— Que eu estou maluca.

— Se você está, então eu estou também. Maluca e presa a um copo.

— E como eu faço para te tirar daí?

— Não sei.

Volto a espiar os arredores amontoados de pessoas. E eu. Eu, meu drink. Eu imersa no drink. O drink que detesto. O gelo que derrete e o líquido que ameaça transbordar. A criatura ali, dentro do drink.

— Não sei quanto tempo mais aguento ficar aqui.

— Nem eu.

— Não sinto mais. Não sei o que sinto.

O copo extravasa e eu, derramada, aspiro o que sobrou de mim daquele balcão de mogno escurecido.

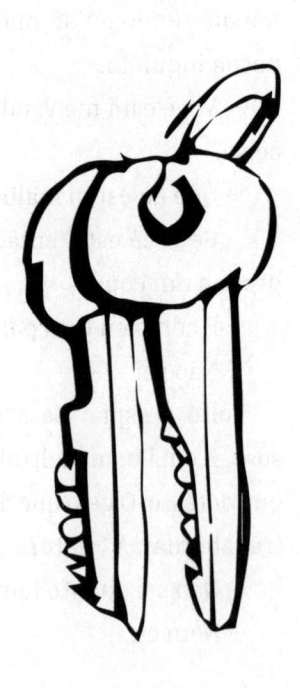

O caso de Matilda
~~fusão~~

Demorou para que notassem a ausência dela. Mas, naquela manhã de segunda-feira, Matilda não deu as caras no escritório e, como ela não era de faltar, levantaram-se suspeitas. O telefone não atendia.

— Alguém tem o endereço dela? — perguntou a colega mais chegada, que resolveu averiguar.

— Faz uns três dias que não vejo Matilda — informou o porteiro.

Ao que tudo indicava, fora vista pela última vez subindo o elevador, na tarde de sexta-feira. Nas imagens de segurança, nenhum vestígio de sua saída. "Ela só pode estar lá." Polícia convocada, porta arrombada e nem sinal da moça. Escafedeu-se. Evaporou feito aquela acetona barata que usava na hora do almoço. Oficialmente desaparecida.

— Matilda? Faz meses que não a vejo — respondiam os amigos da rede social.

— Ela não veio mais em casa, disse que estava ocupada — confirmavam familiares.

A última ligação tinha sido de Sérgio, o namorado, à meia-noite e meia do domingo. Suspeito. Mas segundo registros oficiais do condomínio, não houve entrada do rapaz desde quinta-feira. Além disso, ele tinha um álibi: viagem de negócios com os três sócios para a Colômbia.

A amiga da faculdade, Ana Clara, se manifestou:

— Eu a convidei para o meu aniversário no sábado, mas ela não apareceu. Não estranhei porque ela já não vinha aparecendo mesmo.

Dentro da casa, roupas com alfinetes espetados, degraus em frente aos armários, banquinho na pia. Sem vestígios de briga, assalto ou fuga, aquele era apenas o apartamento de uma pessoa pequena, muito pequena.

— Não, Matilda tem um metro e setenta e cinco — respondeu o pai da moça ao investigador do caso.

Estranho. Crianças? Segundo o porteiro, nunca entrou criança naquela casa.

Sérgio, que voltou às pressas quando soube do ocorrido, contou, em conversa informal com o investigador, o conteúdo da última ligação. Matilda finalmente topara embarcar com o rapaz para a Colômbia. A empresa do namorado estava prestes a abrir uma filial no país vizinho.

— Estávamos empolgados — enfatizou o moço.

Certo de que tinha caroço naquele angu, Lúcio, o investigador, quis logo saber mais. Há quanto tempo planejavam a viagem? Como era Matilda enquanto namorada? O que faziam quando se encontravam? Ela parecia estranha nos últimos tempos? Tratou de convocar todo mundo para depor.

— Desconfio de todos eles — confessou ao perito.

INQUÉRITO DA QUEIXA-CRIME
CASO DESAPARECIMENTO DE MATILDA

Depoimento de Sérgio Oliveira

Na quinta-feira, dia três de abril, Sérgio, quarenta e um anos, depoente e namorado de Matilda há aproximadamente dois anos, chegou ao apartamento da desaparecida, às sete da noite. Ela queria comer pizza, mas Sérgio sugeriu peixe. Matilda acatou a sugestão do namorado. Sérgio contou da abertura da filial de sua empresa na Colômbia. De acordo com o depoente, Matilda hesitou, já que estava prestes a conseguir uma promoção no trabalho. Também não gostava da ideia de deixar para trás o apartamento que quitaria no mês seguinte, mas prometeu pensar a respeito.

Às nove da noite assistiram à final do mundial de críquete, esporte favorito de Sérgio. Matilda vestiu a camisa do time do namorado. Às onze e quarenta e cinco da noite, Sérgio se despediu para a sua viagem de negócios.

Segundo o depoente, Matilda havia reduzido de tamanho nos últimos meses, precisando ajustar suas roupas. Com exceção desse único fato, a moça parecia normal. A relação era tranquila, sem discussões. Matilda era boa ouvinte, costumava acatar os pedidos do namorado, estavam juntos em quase todas as ocasiões.

À meia-noite e meia de domingo, Matilda ligou para dizer que aceitava viajar para a Colômbia. Sérgio confirmou que logo depois do aceite, a ligação ficou mutada. Para o depoente, seria uma questão de sinal, já que estava em outro país. Depois disso, não recebeu mais notícias da namorada.

Depoimento de Marcela Antônia Nunes
A depoente, Marcela Antônia Nunes, trinta e quatro anos, colega de trabalho de Matilda, alega ter dado falta da desaparecida na segunda-feira, dia quatro de abril, às dez horas. Matilda nunca se atrasava, era comprometida e pontual e, por isso, estranhou a ausência da colega. Como o telefone não atendia, na hora do almoço, resolveu averiguar.

Depoimento de Ana Clara Paschoal
Ana Clara Paschoal, vinte e oito anos, amiga de faculdade da desaparecida, relata ter falado pela última vez com Matilda via mensagem de texto no dia dois de abril, quando a convidou para o seu aniversário, e que Matilda não confirmou presença nem recusou o convite.

Conforme informações da depoente, Matilda não frequentava os encontros da turma há aproximadamente dois anos. De acordo com as mensagens trocadas, a agenda da desaparecida não tinha muitos espaços, uma vez que era sincronizada com a agenda do namorado Sérgio, cuja rotina social costumava ser intensa. Nos dias de semana, Matilda passava as noites com o namorado em casa ou na casa de amigos e familiares dele. Aos fins de semana, atendia aos compromissos de trabalho de Sérgio, porque ele não poderia aparecer sem a futura esposa ao lado. Quando ele viajava, Matilda tratava de cuidar das pendências que ele solicitava.

Depoimento de Cléber Ferreira

Cléber Ferreira, porteiro do prédio da desaparecida, cinquenta e sete anos. O depoente afirma ter visto Matilda pela última vez no dia primeiro de abril, sexta-feira, às cinco e quarenta da tarde, horário que costumava voltar do trabalho. Estava vestida de roupas mais largas que o costume.

Cléber afirma que nas últimas conversas com Matilda, ela solicitou um banquinho no elevador para que pudesse alcançar o botão do 17º andar. De acordo com o depoente, Matilda havia emagrecido nos últimos meses. Chegou a perguntar a Matilda se estava bem de saúde, ao que ela respondeu positivamente.

> Quarenta e oito horas de investigação, perícia e agonia. O burburinho já havia tomado conta da vizinhança. No telejornal local, a declaração do responsável pelas investigações:

— Estamos reunindo todos os esforços para solucionar, tão pronto quanto possível, o caso do desaparecimento de Matilda. Até o presente momento, não foram encontradas evidências de sequestro ou de qualquer outro crime de natureza perversa. Pedimos que qualquer pessoa com informações procure a Delegacia do bairro.

Não tardou para que chovessem pistas falsas. Até que Silvana, moradora do 17º andar do prédio da frente, apareceu acanhada. Seria a primeira testemunha ocular do desaparecimento, mas estava com medo de ser taxada de louca.

— Eu juro que eu vi — repetia na 14ª DP.

INQUÉRITO DA QUEIXA-CRIME
CASO DESAPARECIMENTO DE MATILDA

Depoimento de Silvana Lorentino
Silvana Lorentino, quarenta e oito anos, vizinha de frente, testemunha ocular do desaparecimento de Matilda. Segundo relato da depoente, por volta de uma da manhã do domingo, com insônia, resolveu sair na sacada de seu apartamento para fumar, quando presenciou o desaparecimento da vizinha. De acordo com o relato, Matilda estava no celular, também na varanda. O conteúdo da conversa não podia ser ouvido. Ainda na ligação, Matilda entrou para o que parecia ser a sala e encolheu a ponto de desaparecer. A depoente informa não ser usuária de remédios para dormir ou de qualquer espécie de droga alucinógena. O laudo toxicológico confirmou a alegação e o laudo psiquiátrico certificou a sanidade da depoente. O álibi foi confirmado por câmeras de segurança.

E assim se espalhou o boato de que Matilda fora vítima de um sumiço sobrenatural. Dois outros vizinhos, menos confiáveis, também confirmaram a história de Silvana. E antes que se pudesse conter, o caso ganhou notoriedade nas páginas de curiosos pela internet. Em uma delas, um compilado de histórias semelhantes. Mulheres desaparecidas dentro das próprias casas, depois de um período de encolhimento de estatura.

A hashtag #salvemasmulheresabduzidas chegou ao primeiro lugar na lista de assuntos mais comentados. Os sinais, para o que os especialistas estavam chamando de *"shrinking"*, do inglês "encolhendo", incluíam: distanciamento de familiares e amigos; mudança de hábitos, comportamentos e gostos; abandono de carreira e hobbies; além da significativa, ainda que gradual, redução de estatura. Todos os sinais se iniciaram depois do início de um novo relacionamento.

Matilda foi declarada vítima de *shrinking* pelo investigador Lúcio.

— Graças ao infortúnio de Matilda conseguimos identificar a causa do desaparecimento de mais quatorze mulheres — declarou na matéria de capa do jornal.

Ao que tudo indica, o quadro é reversível. Quando distantes dos cônjuges, as vítimas costumam aparecer dentro de dois a seis meses. Em alguns cenários, o efeito pode ser prolongado ou encurtado. Em todos eles, recomenda-se buscar uma especialista.

Café com inveja
quando a felicidade do outro não cai bem

Grãos, moedor, pó, máquina, água, aroma. Café. Uma daquelas coisas que a gente aprende a beber sem gostar, porque é amargo, mas depois vicia. E, então, não vive sem, declara seu amor e rejeita qualquer versão mais suave. Se, por sorte, esbarra com quem realmente entende do assunto, acaba por descobrir que o amargor não era do café em si, mas da torra exacerbada. E que essa torra exacerbada só é feita para mascarar o gosto das impurezas, daquilo que nem é café, e padronizar os sabores dentro da embalagem brilhante e chamativa.

Moo o café que ela me deu. Torra clara para uma acidez cítrica. Ela se orgulhava do café perfeito. Exibia, vaidosa, seus conhecimentos como exímia barista – apenas mais uma de suas habilidades. Uma formação por mera curiosidade, por pura paixão. Curiosidade era o suficiente para que se debruçasse sobre qualquer assunto. Sabia de tudo um pouco. De algumas coisas, muito. E eu ouvia com encantamento.

Vitória veio ao mundo para ser vista, apreciada. O sorriso imperfeito, mas, de algum modo, inigualavelmente carismático. O olhar intenso e terno. Seu andar irreverente, desaforado, petulante. Uma voz que não desconcerta, desmonta. E como se não bastasse, distribuía saberes sobre as coisas mais corriqueiras e as mais eruditas, sem mesquinharia. Era capaz de tornar interessante qualquer conversa.

Nunca entendi muito bem o que ela tinha visto em mim. Sujeito ordinário. Nenhum grande extra. Uma vida comum – sem exuberâncias, notoriedade ou popularidade. Opostos que se atraem, talvez. Uma crendice que me confortava e perturbava na mesma medida. Vitória listava dezenas de motivos que a levavam até mim, quando na calada da noite, no ápice da dúvida, eu confessava minha angústia. Mas era difícil saber a proporção de verdade, lábia e persuasão.

Ela tinha vinte e dois anos quando nos conhecemos, ainda na faculdade. Ela cursava Cinema e eu, Jornalismo. Ela havia conseguido seu primeiro estágio na primeira semana de curso, eu havia me candidatado a vagas humilhantes até o quarto semestre. Lembro-me, até hoje, de quando Vitória foi efetivada na produtora, em menos de um ano de trabalho. Celebramos com vinho barato e amendoim, na porta de casa. Ela tinha centenas de planos. Estava pronta para ganhar o mundo e eu tinha certeza de que o mundo já era inteirinho dela, inclusive o meu.

Satisfazia-me vê-la viver cada um dos seus sonhos. Uma satisfação pungente, corrosiva. Eu queria tanto gritar meu orgulho, que, orgulhoso, guardava para mim. Desejava tanto abraçá-la, que cruzei os braços. Ansiava tanto ficar, que mantive uma distância segura.

Vitória era dona do mundo inteiro. A grande estrela do maior espetáculo que tive a honra de assistir. E, então, antes de as cortinas se fecharem, da plateia ir embora e eu ficar ali, sozinho, à sua espera, saí em silêncio. Passei abaixado para não incomodar e nunca mais voltei. Ela lançou um olhar decepcionado do palco quando me viu abrir a porta. No fundo, sabíamos desde o início que eu a decepcionaria. Naquele palco só cabia uma estrela.

Hoje recebi o convite para a pré-estreia do primeiro longa dirigido por Vitória, "Café com inveja".

Cadê o ciúme que estava aqui?
acolhendo o medo da perda

Tenho certeza de que estava aqui, em cima do aparador. Gosto de deixar logo na entrada para ficar à vista. Mas cadê? Lembro-me de ter usado na... quando foi mesmo? Sei que usei um dia desses, só não lembro quando. Sempre uso. Bom, já deixei largado em um canto qualquer outras vezes, mas se não está aqui, onde foi que coloquei?

Na última vez que o perdi, encontrei-o escondido debaixo do travesseiro. Havia deitado tarde, como sempre faço, mas no sossego da madrugada, ao som de pensamentos intrusos, virando de um lado para o outro, senti um incômodo inabitual. Puxei a coberta, olhei ao redor, porém não vi nada de estranho. Até que, por intuição, ergui o travesseiro. Bingo! Lá estava ele.

É engraçado. Costumava ser tão volumoso e extravagante, impossível de esquecer. Mesmo quando queria mantê-lo discreto, saltava aos olhos. Mas, nos últimos tempos, sabe-se lá por qual razão, encolheu. Não foi de uma hora para a outra, é verdade. Agora, sumir, assim? Não era para tanto.

Nos bolsos! Gosto de colocar no bolso para usar quando sou pega desprevenida na rua. Mas também já tem um tempo que não o levo comigo. É que fica pesado carregá-lo ao longo do dia. As costas doem, a cabeça também. E como tenho andado mais por aí, não vale a pena levar comigo.

Onde é que está o ciúme que eu deixei aqui? Talvez eu não precise mais dele. Talvez seja só mais uma daquelas coisas que a gente amontoa em uma gaveta qualquer para quando precisar, mesmo sabendo que esse "quando" nunca vai chegar. Mas ter pertinho conforta o coração, sabe?

Como aquele parafuso que sobrou e a gente tem medo de jogar fora porque "a estante pode desmontar". Ou o botão da blusa que nem existe mais, mas e se outra blusa perder o botão? Aquele monte de clipes no estojo, porque sempre tem alguém que pede. Bugigangas inúteis para embalar noites inquietas.

Quando eu era criança, guardava adesivos para grudar em cartinhas que um dia escreveria. Eles envelheceram, elas nunca foram escritas. Ainda assim, guardo os mesmíssimos adesivos em uma pasta, no alto do armário que não alcanço. Vai ver o ciúme está lá também, dentro de um plástico transparente – seguro, relativamente protegido e na altura certa, à prova de poeira e da minha preguiça.

Acho que vou deixá-lo lá por enquanto. Vai que...

Um enredo ordinário
~~traição~~

Degusto meu vinho ao som da vida alheia. Entre um tombar delicado e outro da taça, enquanto admiro as tonalidades que o líquido ganha a cada novo pano de fundo, mantenho os ouvidos atentos ao menor sinal de bom enredo. A vida mais ordinária é regada a bons enredos.

Na mesa ao lado, um casal. Ela de vestido de paetê colado ao corpo, com uma maquiagem feita às pressas e o cabelo preso. Ele de camisa, e o resto não reparei. Parece um casal de bons anos. Quer dizer, um casal que está junto há anos, se foram bons, eu já não sei. Aquela fase da relação em que não há nada de novo para dizer e nada que é velho provoca curiosidade. Quando tédio é palavra de ordem.

— Como foi a reunião com o Paulo? — pergunta a moça de paetê.

— Foi boa.

Então o garçom chega para tirar o pedido. Um alívio. Não para mim, para eles que agora tem algum assunto para discutir.

— Vinho — responde ele ao garçom.

— Outra vez? — retruca a moça.

— E daí?

O garçom, constrangido, propõe dar-lhes mais tempo para decidir. Minha visão periférica capta as narinas da moça se expandirem. Raiva.

— Por que você precisa implicar com tudo que eu peço?

— Você está deixando de ir à academia, só come besteira e agora quer beber álcool todos os dias. Eu estou preocupada com a sua saúde.

— Eu não preciso que se preocupe com a minha saúde. Por Deus!

Ela inspira forte e se levanta em um movimento brusco e rápido. Apoia o guardanapo de tecido sobre a mesa, fixa o olhar no marido, franze a testa e sai em direção ao toilette. Ele balança a cabeça em negação, olha para cima, cruza os braços e escorrega sutilmente o quadril para frente.

O celular vibra. É o celular dela. Ah, como somos óbvios. O rapaz segura o primeiro ímpeto de olhar para a tela. Aperta as mãos. O celular vibra outra vez, e então ele olha rapidamente ao redor para conferir se alguém poderia vê-lo cometer tamanha violação. E podem.

A moça retorna à mesa. O garçom também.

— Estão prontos para pedir? — pergunta.

— Sim, vinho para mim — diz o marido, decidido.

— Eu vou ficar na água, por favor.

O garçom se retira. O silêncio se instaura por mais alguns segundos até que, inquieto, ele joga:

— Você perguntou do Paulo. Tem falado com ele?

— Paulo? Não, Maurício, só perguntei porque você comentou da reunião.

Maurício é o nome dele. Maurício começa a estalar os dedos e mexer as pernas. Mas antes que pudesse dizer qualquer coisa, as bebidas. Maurício experimenta o vinho, pede para o garçom servir. A esposa pega o celular enquanto isso e responde à mensagem com leve sorriso. A gente que já entreouviu tantas histórias, de botequins a restaurantes finos, em pouco tempo compreendeu o que Maurício ainda não quer ter certeza.

— Você não tem falado com o Paulo, então?

— Nossa, o que tem de errado com você hoje?

— Só me perguntando como vocês dão plantão juntos e não conversam.

— A gente se esbarra, desejo bom dia, mas não tenho tempo de ficar conversando com ninguém no plantão, Maurício.

O celular vibra. A moça de paetê olha o aparelho, mas não responde. Em vez disso, guarda-o na bolsa.

— É algum paciente?

— Desde quando você se interessa?

Maurício sabe. Há sobre o amor uma imensidão de ilusões. Ilusões deleitosas que protegem nossas mais frágeis certezas. Entre elas está o grande delírio da exclusividade. Ah, como é bom saciar nosso desejo pelo amor incondicional, restrito, especial. Sentir-se a pessoa da vida de outro alguém. O único ser humano, entre quase oito bilhões, capaz de amar tão profunda e gigantemente aquele outro aglomerado de convicções. Uma alucinação coletiva apoiada em uma regra, por vezes, não dita. Uma regra, por si só, fadada à ruptura. Maurício sabe.

— Prontos para pedir os pratos? — O garçom se aproxima.

Salada de figos, rúcula e alcaparras para a plantonista e fettuccine ao sugo para Maurício. Mais uma taça de vinho para mim – a terceira da noite.

— Porra, Laís, o Paulo se formou comigo.

— Do que você tá falando? Eu sei disso.

A conversa está prestes a entrar no clímax. Maurício inspira forte, põe a mão cerrada próxima à boca, fecha os olhos e de novo balança a cabeça em negação. Laís permanece com a testa franzida, mas os lábios denunciam a preocupação. Ela sabe que ele está desconfiado.

— Aquele cínico — sussurra o rapaz.

Laís é cautelosa. Sabe que qualquer coisa que disser será usada contra ela. Escolhe aguardar o marido expelir o que está represado. Apoia o queixo sobre a mão, os cotovelos sobre a mesa, olha ligeiramente para mim e volta a olhar para Maurício. Eu que não sou principiante, os espio do reflexo do biombo de vidro.

Autocontrole ou contenção? O que segura Maurício de uma reação mais enérgica? De tempos em tempos, aperta os olhos com indignação, mas permanece em completo silêncio. Os pratos chegam e ela não espera para começar a comer.

— Como você consegue comer?

— Por que não comeria, Maurício?

— O Paulo? Tinha que ser o Paulo? Você sabia que eu queria fechar esse negócio com ele.

— O quê? O Paulo o quê?

As pernas do rapaz parecem prestes a dar partida. Uma gota de suor cai no canto da testa. Ele abre o primeiro botão da camisa e enxuga a testa com o dedão. A respiração acelerada. Laís, por sua vez, continua a mastigar folha por folha.

— Paulo? — insiste o marido.

— Joana? Carlinha? A Pati, minha amiga de infância?

Laís volta para sua saladinha de figos, rúcula e alcaparras como quem saboreia um belo espumante de celebração – garfada por garfada. Maurício, embaraçado, confuso, raivoso e comedido, apenas a assiste. Eu também.

— A conta, por favor! — quase implora o marido.

— Essa eu pago — afirma a moça com discreto sorriso no canto da boca.

O garçom se aproxima com a maquineta, faz a cobrança e retira os pratos. Laís alcança a bolsa pendurada na cadeira. Enquanto veste o paletó, Maurício pergunta à esposa:

— Quer passar na sorveteria?

— Agora?

— É, por que não?
— Tá, vamos.
E se levantam como se nada tivesse acontecido.

**"a completude é só
uma ilusão cruel."**

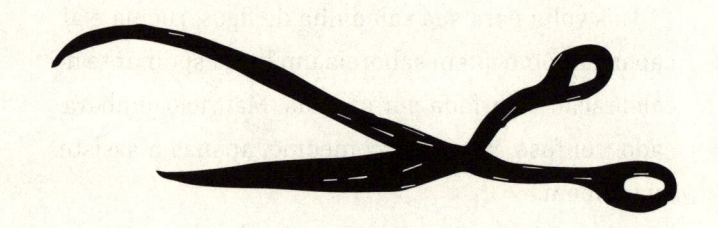

Natal
migalhas de amor

NATAL DE 1992

De um lado, Geraldo, o pai ranzinza de Lurdinha, troca sem parar os canais do televisor. Do outro, Mindinho, o cachorro ranzinza da família, está atento aos menores movimentos de Abelardo. Um pouco mais distante, Lurdinha observa compassiva a situação nada confortável do noivo. Dona Silvia, mãe da garota, está ao telefone com algum familiar distante, enquanto puxa o fio do aparelho a ponto de quase arrebentar, para conseguir checar o frango no forno. Uma árvore surrada, com os galhos tortos e amassados, no canto da sala e buzinas na rua. É Natal!

Em meio a esse cenário tedioso, Abelardo toma coragem. Em um só movimento, levanta e estende a mão em direção à amada com a pequena caixa de presente, que ele mesmo embalou. Dentro, uma fita cassete, mas não uma fita qualquer, não. *O Marginal*, da Cássia Eller, cantora favorita da moça e detestada pelos respectivos pais. Dona Silvia e o marido não aprovam o gosto musical da filha. Mas Abelardo, sim.

Lurdinha não esconde a euforia e pula nos braços do amado. É Natal!

NATAL DE 1995

De um lado, Geraldo troca os canais do televisor descomedido. Do outro, Abelardo comenta os últimos acontecimentos políticos com o agora oficialmente declarado sogro. Na poltrona nova, Mindinho tira uma soneca. Dona Silvia, Lurdinha e a filha mais velha, que veio do interior, preparam o almoço: frango assado à moda da família Pereira e arroz com passas. No canto da sala, a mesma árvore surrada, ainda mais torta e amassada, mas com bolas novas para esconder os buracos dos galhos caídos. Na rua, buzinas ensandecidas. É Natal!

Mesa posta, toalha bonita de renda que fica guardada o ano inteiro na gaveta esperando o seu momento de brilhar. E ai de quem derrubar molho. A menos que seja Abelardo, o genro favorito, então tudo bem. Lurdinha que se vire depois para desengordurar. Em meio aos pratos sendo abastecidos, conversas sem importância e o som da televisão ainda ligada, Abelardo propõe um brinde. Estende a mão em direção a Lurdinha, com uma pequena caixa, desta vez sem embrulho. Abre e, então, o pedido.

— Sim, é claro que eu caso!

Todos brindam. É Natal!

NATAL DE 2002

É o primeiro Natal sem Mindinho. Ele, que nunca foi de fazer algazarra, deixou uma bagunça silenciosa. A poltrona agora está desocupada, dona Silvia não deixa ninguém sentar no cantinho do seu pequeno. Geraldo comprou uma televisão grande, daquelas que se pendura na parede, mas acabou adormecendo com o controle remoto nas mãos. Abelardo discursa algo sobre o espírito natalino para Abelardinho Júnior. O menino quer saber dos presentes depositados sob a árvore recauchutada.

— Só depois do almoço, Juninho — repreende Lurdinha.

Frango à moda da família Pereira na mesa. Arroz branco para as crianças, arroz com passas para os adultos. Uvas no centro de mesa. Abelardo pede a atenção. Estende a mão com um envelope em direção a Lurdinha: uma passagem para a praia. Juninho grita de alegria. Lurdinha, que queria mesmo ir para a casa da irmã no interior, acena com a cabeça. É Natal!

NATAL DE 2010

De um lado Abelardo, no celular, discute sobre as eleições com algum amigo que não encontra desde que era mais moço. Do outro, Juninho e o amigo assistem ao clipe de "Born This Way", da ídola Lady Gaga, na TV. Latindo sem parar, na tentativa de conquistar a sua parcela de frango, está Miúdo, o novo integrante da família Pereira.

Dona Silvia, apoiada no sofá, gargalha com a performance de Juninho.

— Mãe, senta um pouco — sugere Lurdinha.

— Não tô cansada, não. Já vou olhar a comida.

Geraldo, que perdeu os direitos do controle remoto, repousa no quarto até ser chamado para o almoço.

— Está servido. Desça logo! — exclama dona Silvia.

Mesa farta! Frango, arroz com alguma outra coisa que não é passas, farofa, salada de maionese, nozes e uvas. Da ponta, Abelardo pede a atenção, ele tem uma surpresa! Estende a mão fechada em direção a Lurdinha. Quando abre, uma chave.

— Tá lá fora. Um carro novo para a família, Lurdinha!

Lurdinha, que não dirige e economizava para a reforma dos vazamentos do banheiro, pega a chave com força, joga no vaso e puxa a descarga. É Natal!

Conto de falhas
não existe felizes para sempre

Era uma vez uma jovem exausta. Todos os dias, às seis da manhã, ela acorda ao som do toque estridente do celular de tela rachada. Uma melodia única, inconfundível, singular. Daquelas músicas que transportam de imediato para outra dimensão. No caso de Amanda, para a dimensão dos trinta mais, assalariados, sem grandes perspectivas de sucesso.

Levanta-se e abre as cortinas. Da janela ela avista outras janelas, num aglomerado de prédios encardidos de poluição. Fecha as cortinas e, em vez da luz natural, prefere acender a luminária da cabeceira. "Mais um dia", diz, acompanhada de uma costumeira expressão de quem comeu e não gostou. Abre a geladeira e se arrepende em seguida. "Não deu tempo de fazer as compras da semana", recorda-se novamente com a mesma feição. O jeito é ficar com o café. Café sem açúcar. Não, hoje não. Hoje Amanda põe açúcar na xícara, que mais parece um balde, de café.

Banho revigorante de três minutos. Roupa. Prende as longas madeixas num coque. Batom. Bolsa. Desce as escadas do oitavo andar até o térreo. Nada como começar o dia se exercitando. Ou não, espere, o elevador está quebrado mesmo. Mas se Rapunzel saiu de sua torre, nossa brava Amanda também há de sair.

Chega ao ponto ao mesmo tempo que sua bela carruagem de cinquenta assentos ocupados. É um dia nublado e Amanda só tem mesmo a agradecer. E, assim, atravessando ruas e vielas, buracos e alagamentos, ao som de vídeos aleatórios de celulares de desconhecidos, ela chega ao seu destino: o trabalho.

— Atrasada, outra vez — anuncia a chefe Leona ao ver Amanda passar pela porta.

Todos clamam pela jovem, não tão jovem assim, nesta que poderia ser a sua segunda casa. E, então, senta-se à mesa, liga o computador e inicia a sua intensa jornada dia afora, ou dia adentro, já que permanece ali até o sol se pôr. Clarice, sua vizinha de baia, pergunta cochichando sobre o date da noite passada:

— E aí, vocês foram aonde?

Amanda cogita contar uma história mais interessante para alegrar o dia da amiga, mas ela não estava muito inspirada. "Ele desmarcou de última hora", confessa. Confessa e se convence de que tinha sido melhor assim, afinal estava cansada e teria de acordar cedo no dia seguinte.

— Você precisa sair mais — retruca Clarice.

Concordar, Amanda até concorda, mas a que horas? Com qual ânimo? Com que dinheiro? São esses os dilemas que pairam sobre a cabeça da jovem enquanto escuta a colega. O que resta mesmo são os aplicativos de relacionamento, aquelas conversas tolas que não dão em nada.

Então, ao soar da última badalada da tarde, às dezoito horas em ponto, Amanda desliga o computador, pega a bolsa e ruma em direção ao ponto. Aproveita as duas horas de viagem, presa ao trânsito da megalópole, para checar se o fulano da noite anterior resolveu dar sinal de vida. E não é que ele deu? O moço foi pego de surpresa enquanto se arrumava para encontrá-la por um imprevisto irremediável. O amigo, novo na cidade, precisava de companhia para conhecer os bares da região. Para completar tamanho dilema, era dia de jogo do verdão e ele havia esquecido. Mas ainda assim, com tanta coisa na cabeça, o príncipe desencantadíssimo da nossa história ainda se lembrou de mandar mensagem desmarcando.

"Claro, eu entendo. Vamos sair hoje, sim", escreveu Amanda, compassiva.

Sem fada-madrinha, corta a embalagem da base para usar o restinho que sobrou. Um blush para um aspecto saudável, máscara de cílios, perfume, sandália e pronto. Oito lances de escada e lá está ele, esperando pela sua princesa. Um verdadeiro *gentleman*.

E também uma alma traumatizada com os dois últimos relacionamentos. Pudera, três meses de tortura com a ex-namorada controladora, que reclamava quando o menino saía para beber com os amigos às sextas-feiras e só voltava na segunda, e mais seis meses com a outra, que só estava interessada no que ele tinha para dar. E Amanda achando que era ela quem precisava ser salva da torre.

Depois do segundo litrão de cerveja, longas histórias dramáticas e piscadelas pouco sedutoras, o beijo. Som de clarinetes? Não. Borboletas no estômago? Também não. O que me faz, enquanto narradora, questionar o porquê do que se segue. A vida é com certeza um clichê, por vezes, muitas e muitas vezes, enfadonho.

De litrão em litrão, calçada em calçada, bar em bar, Amanda e o tal do moço traumatizado descobrem que, na verdade, são almas gêmeas. Não, na verdade não. São almas desesperadas, em meio a um mundaréu de outras almas desesperadas. Desesperadas por tempo, afeto, vínculo, cuidado. Desesperadas para caber na foto de família, no grupo de happy hour do trabalho, no discurso do pastor, no vídeo de retrospectiva de quinze anos da prima mais nova, no bônus de fim de ano do trabalho.

E por desespero, decidem se casar. Juntar as mágoas e insatisfações em um só lugar. Mobiliar a casa de anseios alheios, sonhos de outrem, desejos achados e perdidos. Um arsenal de gatilhos, aflições, agonias. Tudo organizado de modo que passe despercebido ao olhar trivial. Um encanto para ludibriar a carência.

E, então, vivem infelizes para sempre.

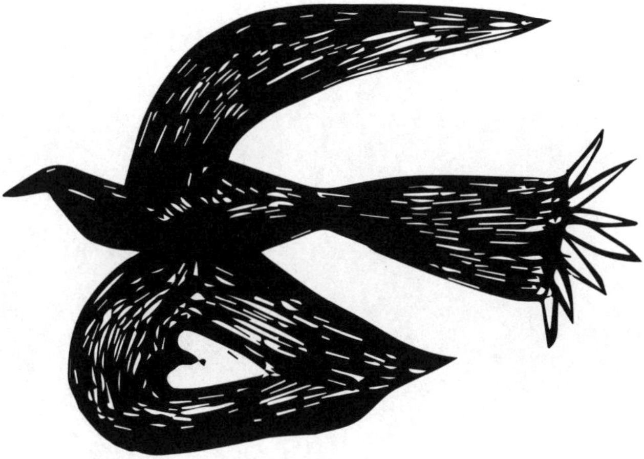

Se os aplicativos de relacionamento fossem sinceros (2)

Jéssica, 32 anos
BIO: Procuro alguém para casar no primeiro date. Aceito a primeira que topar. Valendo!

As canecas
ciúme do passado

Nessa semana ela trouxe as canecas para casa. Desde que decidimos morar juntas, tem feito a mudança aos poucos. Primeiro as roupas, o travesseiro, os enlatados, o violão, os patins, e agora as canecas. Um passo importante, receber as cinco canecas dela aqui em casa. Um conjunto heterogêneo e insubstituível. Cada uma com uma origem diferente, talvez um causo, uma porção proporcional de apego.

Enquanto tiro uma a uma do plástico-bolha, imagino como é que foram parar ali. Será que foram um presente? Brinde da festa corporativa? Será que herdou da casa da mãe? Ou ela só estava passando por uma loja e apenas bateu a vontade de comprar uma caneca? Não sei se alguém compra canecas. Parecem um desses itens que se materializam magicamente no armário, da mesma família dos ímãs de geladeira e porta-retratos.

Honestamente, de onde vieram pouquíssimo me importa. Mas quem bebeu nelas, ah, isso me provoca ânsia. As gargalhadas enquanto dividia um chá com a ex num dia frio debaixo das cobertas. O café que ela passou cedinho e levou para outro alguém na cama. O dia em que uma ficante a deixou cair na pia, enquanto lavava, e causou esta lasca. Quantas vezes se lembrou de outra, olhando para estas mesmas canecas?

Agora serei eu a usá-las, lavá-las, derrubá-las. Um dia, quem sabe, serei eu a história por trás delas, a boca de que se tem ciúme, a outra em quem ela vai pensar.

"relacionamentos são uma série de escolhas sem certeza alguma."

A trepadeira
dependência emocional

Era uma casa de vidro suspensa sobre colunas de ferro, no ponto mais alto do bairro. Sessenta e quatro degraus até a porta principal. E ali, ao pé da escada da casa, uma única muda fora plantada. Ramos irrisórios, quase imperceptíveis ao olhar mais atento. Havia nela uma promessa de que concederia aos moradores certo nível de privacidade.

Dia após dia, a planta foi ganhando forma. Folhas largas e vivas cresciam ao longo do caule, que avançava pela estrutura de ferro. Em pouco tempo, ela cobriria o primeiro patamar, presenteando os transeuntes com belas flores cor-de-rosa e os moradores da casa com a discrição prometida.

Mas a planta não obedecia a expectativas fúteis e mal comunicadas. Na calada da noite, tratou de emaranhar-se sobre outras plantas do caminho, roubando-lhes a luz e sufocando-as até a morte. Como tinha flores bonitas, ninguém notou a índole vil da trepadeira.

De fora, já não se via mais a escada de ferro, o entra e sai dos moradores ou a porta de entrada extravagante. Sem que pudesse ser flagrada pela vizinhança, a planta perversa enrolou-se na dobradiça da porta, alcançou a fechadura e escapou para dentro. Da maçaneta, agarrou-se à cadeira mais próxima para, então, chegar ao vitral, assustando os habitantes. Mas, afinal, de que lhes serviria cobrir apenas as escadas se os vidros seguiam translúcidos?

— Deixe-a ficar — ordenaram.

Com o aval – precipitado e inconsequente, mas consentido – não restavam maiores obstáculos para os ramos traiçoeiros. As janelas foram apressadamente tomadas. A vida no interior da casa foi resguardada a seu devido lugar. Não se podia mais saber se era dia ou noite, se fazia frio ou calor. Mas a planta não planejava cessar. Alcançou também a tubulação de ar e, dali, os aposentos dos inquilinos. Deslizou suave e sutilmente por entre as pernas, os braços, o pescoço e imobilizou-os até o fim.

Tomilho
rotina

Batatas rústicas. Batatas cortadas grosseiramente, sal, azeite e tomilho, levadas ao forno preaquecido a duzentos graus Celsius, por quarenta minutos. Um convite à valsa ou, para nos atermos ao enredo, à salsa ou ao merengue. Aliás, enquanto as batatas douram lenta e lindamente no calor – criando uma casca crocante e mantendo o interior macio –, não é má ideia preparar um merengue.

Claras batidas até atingir a consistência quista – aerada, porém firme – e regadas lentamente, em fio, com calda de açúcar quente. Uma sobremesa a um só tempo doce e neutra. E, então, deixa-se esfriar na geladeira. Morangos ácidos de acompanhamento.

Para todos os lados, aroma de tomilho tostado, intenso e leve, quase um respiro, um abraço. Uma vez, ela me contou que, em inglês, tomilho se chama *thyme*, mesma pronúncia da palavra usada para dizer "tempo", *time*. Tempo, aquilo que não temos mais. Seu último pedido antes de sair por aquela porta para não mais voltar.

Ainda me pergunto se faltou sutileza. Mais passos para uma degustação lenta, esmerada, cautelosa. Cortes mais precisos, miudezas gentis, complexidade.

Um molho para untar as batatas, *crumble* para entreter nosso merengue, raspas de limão-siciliano para divertir o paladar.

Muitos foram os almoços em que estava tudo ali, na mesa, no prato, na garfada. E também na taça, na conversa, no riso, no gozo. Sem a necessidade de corrigir sal e pimenta, sem precisar ajustar o tempero que faltava ou excedia. Talvez tenha me acostumado tanto com o gosto, que não percebi o desequilíbrio. Talvez tenha me habituado tanto ao preparo, que me esqueci de experimentar. Talvez tenha servido tanto, que enjoei.

E, agora, neste banquete que estendi para mais ninguém além de mim, sinto o amargor do tempo que queimou, as inconsistências do merengue que amoleceu, o azedo daquilo que putrificou.

Vazou!
a gente quer carinho

Já passava das três horas da madrugada quando aconteceu. Fernanda tinha voltado de uma noitada intensa, regada a muita gim-tônica, música alta e pouca comida – a tríade perfeita para o desastre. Então, protegida das intempéries noturnas, coberta pelo edredom infantil – de malha e estampado de flores cafonas –, à meia-luz vinda do corredor, Fernanda deixou-se descuidar.

Um vacilo sem precedentes. Mas o sono era tanto que adormeceu em seguida, sem se dar conta da desgraça que acabara de incorporar à sua já desengraçada vida. Dormiu sob o mesmo sossego daqueles que nada devem e acordou – indisposta, é verdade – com a serenidade de quem não sabe o que fez na noite anterior.

Sentou-se, ainda na cama, para alcançar o celular e abriu o aplicativo de mensagens, como fazia todas as manhãs. O engasgo foi imediato. Fernanda se deu conta da enorme calamidade em que havia se enfiado. Trinta e quatro anos de reputação construída a duríssimas penas, dia após dia, story após story, indireta após indireta, thread após thread, foto após foto, descendo pelo ralo.

A fanfarrona, desimpedida, desapegada, solta na vida, tentou apagar as evidências do delito, mas já era tarde demais. Nos grupos de amigos era assunto uníssono. Dezenas de figurinhas circulavam sem moderação. Prints por todas as partes. Não tinha mais volta. Seja por traquinice do inconsciente ou simples inibição das funções cognitivas – que, no final, dá absolutamente na mesma –, a moça fora arrancada de seu armário de inverno.

Vazou! Em plena embriaguez, confundiu o destinatário. Em vez de "João Carlos", enviou a mensagem para "Juntas na Cachorrada". Palavras fortes para os menos preparados. E, para piorar, uma mensagem em áudio, com voz fininha.

— Amor, podemos ficar de denguinho amanhã?

E mais um exagero de afetividades que não convém expor. Ela, a desapegada soberana, combatente do grude, inimiga da conchinha, tinha sido desmascarada. Destronada, arrancada por si mesma de seu título de durona impenetrável.

Agora todos sabiam que Fernanda, na verdade, era uma enorme farsa. Adepta do cafuné para dormir, do banho juntinho, da mensagem de boa-noite e de outras expressões de carinho mais condenáveis pelas almas desapegadas. Mais mole que biscoito dormido, mais doce que doce de batata-doce, mais pegajosa que caramelo mal resolvido.

A confissão involuntária era o fim de uma era. Ainda bem. Fernanda respirou aliviada e marcou um bom date para comemorar: filminho em casa, com direito à pipoca, cobertas e massagem simultânea no pé para acompanhar.

Se os aplicativos de relacionamento fossem sinceros (3)

Isadora, 29 anos
BIO: *Serial dater* de carteirinha. Pego, me apego, mas saio correndo porque morro de medo de ser abandonada depois. Prefiro sair por aí falando da dificuldade de encontrar alguém que queira um relacionamento de verdade e, assim, continuar satisfazendo minha necessidade de aprovação em numerosos primeiros dates que não dão em nada.

O cartão
irresponsabilidade afetiva

Campainha. Na minha porta um arranjo de flores pronto e um bilhete. "Foi bom te encontrar", sem assinatura. Talvez supusesse que era meu único encontro, meu único homem. E era mesmo. Não meu, mas o único. Flores escolhidas por outro alguém, bilhete escrito por uma máquina e a incerteza que atravessava o papel.

A escolha do tempo verbal que deixou não uma margem, mas um desfiladeiro de infinitas interpretações. Quilômetros de incertezas, ansiedade e angústia. Um abismo para mim, o álibi perfeito para ele.

O que vem depois? Foi bom te encontrar e o que mais? Vamos nos encontrar novamente, quem sabe passar a noite juntos? Uma noite após a outra. E quando minha cabeça já souber o caminho para o seu peito e minhas mãos tiverem gravado sua topografia, seremos corpos desarmados. Sem armas, repousaremos nossas defesas e, então, esmiuçaremos nossas angústias. Em você encontrarei afago, companhia, entrelace, confusão.

Mas e se, em vez disso, ele quis dizer que foi bom e ponto? Foi bom e agora você segue o seu caminho e eu o meu. Não vai mais me ligar ou mandar mensagem.

Eu vou deixar de te seguir e dizer que foi só mais um cara. Mais um que passou como um enxame. Devorando minha folhagem, esterilizando minhas terras, arruinando minha colheita. Arrancando de mim os próximos verões.

Foi bom e só. Foi bom e fim? Foi bom e vamos ver no que vai dar? Foi bom e o que eu faço com isso?

Se os aplicativos de relacionamento fossem sinceros (4)

Pedro, 30 anos

BIO: Sim, a foto com o meu cachorro é apenas *clickbait*. Vou te mandar um áudio com voz rouca, mas na verdade é o mesmo que envio para todas as outras. Vou te chamar pela primeira sílaba do seu nome para você se sentir especial, mas vou sumir depois do primeiro encontro com a desculpa de que estou atolado no trabalho.

Asinhas cortadas
posse

Nunca vou me esquecer de quando ela apareceu pela primeira vez aqui em casa. Era domingo, o primeiro da primavera. As copas das árvores carregadas de botões de flores prestes a desabrochar, o cheiro do café recém-passado se espalhava pela casa. E eu em profunda solidão contemplando o vazio.

Ouvi um estrondo na janela de vidro da sala. Uma passarinha. Não uma passarinha qualquer, era pequena, mas de penugem cintilante, bico fino e curto. Estava tão assustada e desorientada. Não podia deixá-la ali, ao relento. Um predador a capturaria sem que ela tivesse qualquer chance de fuga. Seria cruel abandoná-la ao inevitável e impiedoso destino.

Então levei a ave de penas cintilantes para casa. Atordoada do jeito que estava, certamente se beneficiaria de uma toalha quentinha, água fresca, alguma fruta recém-tirada do pé, e bem longe dos perigos do quintal. E assim aconteceu. Cora, como escolhi apelidá-la, demorou a retomar o prumo. Repousou pelo tempo que precisava, antes de despertar e se esbaldar no banquete que havia preparado para ela.

Como já era tarde, não convinha expulsá-la do conforto de casa. Uma noite de descanso cairia bem.

E que noite sossegada fazia lá fora. Cora se acomodou na toalha e ali pernoitou. Tão serena.

Na manhã seguinte, me levantei cedo e a convidei para tomar café comigo. Enchi uma bacia com água, cortei o mamão em pequenos pedaços e encontrei alguma semente na despensa. A passarinha cantou ao ver aquela mesa bonita que montei só para ela. E eu de alguma forma me senti importante.

Abri as portas e janelas, mas ela não quis ir embora. Eu que vivi tanto tempo no meu exílio particular, isolado da civilização, me alegrei com essa decisão. Mantive a toalha limpinha, a água sempre fresca e a comida farta. Aprendi a assobiar e assim conversávamos do nascer até o pôr do sol, todos os dias da estação. Até que no despontar do verão, Cora começou a voar pelo quintal.

Enquanto conseguia vê-la, mantinha a compostura. Afinal, passarinho é feito para voar. Mas, então, naquela tarde quente, ela desapareceu no quintal. Eu assobiava, chamava pelo seu nome e não a via em lugar nenhum. Cheguei a considerar a possibilidade de ter sido apanhada por uma criatura maior e inescrupulosa. Seria o fim da minha doce passarinha. Estava completamente desolado quando ela pousou sobre o meu ombro.

Ah, que alívio, Cora. Sem nenhum arranhão. Por um segundo, preferi que ela tivesse sido encurralada pelo gavião que vez ou outra paira pela propriedade.

Como poderia essa ser uma escolha deliberada? Voar para longe. Passar o dia desaparecida, sem dar sinal algum. Uma traição inescusável.

Mas a passarinha ocupava todo o meu coração, então perdoei. Dali em diante, fizemos um pacto. Ela ficaria dentro de casa, afinal nada faltava. Havia toalha, água, comida abundante e companhia. Muito mais do que qualquer passarinha poderia almejar. Muito mais do que ela teria em qualquer outro canto. Estava convicto de que essa era a decisão mais sensata e apropriada para garantir a segurança dela. Ora, ora.

E, assim, por mais uma estação, Cora me fez companhia. Já não cantava como antes, mas estava sempre por perto. Todas as manhãs, comia e pousava sobre o batente da janela de vidro apreciando a vista do quintal.

Já atravessávamos o outono. Os dias mais escuros traziam de volta a melancolia. E eu percebi que ela também estava se deixando abater pela aspereza da época do ano. Então comprei uma linda gaiola para que ela pudesse cantar no quintal. Uma gaiola de três andares e dois poleiros. Cora pareceu se animar com a brisa que batia no fim da tarde e a visita de outros passarinhos oportunistas.

Ela se alegrou tanto que, quando abri a porta para trocar sua água, saiu em disparada para a árvore mais longínqua do quintal. Como pôde? Naquele dia, tive de pegar uma escada para salvá-la e não tive alternativas a não ser adotar uma medida severa. Cortei as penas de suas asas para que não pudesse mais voar.

No inverno, Cora deixou de comer. Busquei as frutas mais especiais da região, ofereci as sementes mais caras, mas nada a convencia. Se ela me pedisse o mundo inteiro, eu colocaria dentro de uma caixa bonita para lhe dar. Mas ela não queria o mundo encaixotado, também não queria o mundo que não pudesse tocar.

De que adiantava guardá-la para mim? E foi no último dia de inverno, com as penas longas mais uma vez, que eu abri as janelas para ela voar. Cora voou, pousou sobre a árvore mais próxima, olhou para trás e se foi.

O marimbondo no meu lustre
com medo do fundo, me afoguei no raso

No lustre de tecido laranja, um inquilino se instalou. Figura estranha à primeira vista, preciso dizer. Não costumava ver criaturas do tipo pela redondeza. Mas, apesar de esquisito, era silencioso e muito organizado. Todas as manhãs, pousava na parede branca para apreciar a vista da janela. Ele tinha seus rituais matinais.

Na primeira vez que nos vimos, trocamos apenas um olhar ligeiro. Eu estava atrasada para o trabalho, agarrei minha bolsa, bati os olhos nele e saí. Mais tarde, quando voltei, não o encontrei, ele se recolhia cedo.

Antes de deitar, eu espiava sua silhueta através do tecido laranja. Observava-o se movimentar vagaroso pela nova casa. Era gracioso e firme, preciso e desengonçado, esquisito e tão interessante. Em uma noite dessas, senti que me espiava de volta. Fiquei arrepiada.

Até que, no sábado, passamos horas conversando. Quer dizer, eu passei horas contando causos. Ele ouvia e acenava com a cabeça. *Tão paciente*, pensei. E assim seguimos, por mais sábados do que fui capaz de contar.

Então, todas as noites em que eu o via, jantávamos juntos e dormíamos lado a lado. Contei para as minhas amigas, postei um vídeo lindo na internet. Eu e ele. Ele não repostou, mas disse ter ficado emocionadíssimo. Ele é mais discreto mesmo.

A gente não briga, nem discute. Nunca. Em algumas semanas ele voa e demora a pousar. Mas é saudável, disseram. Ele não reclama de nada. Nem eu. É saudável, sim.

Outro dia ele comentou que me amava. Eu compartilhei. Cinquenta e quatro curtidas. Teve até quem salvasse a postagem. Era uma foto bonita, fim de tarde, o sol se pondo, eu no canto, ele pousado sobre meu ombro. Naquele dia eu dormi cedo para não o ver revoar debaixo do lustre, mas eu o vi mesmo assim.

Eu não sei muito sobre ele, na verdade. Sei que sai, mas não sei para onde. Sei que volta, mas não sei por quê. Eu vejo seu ferrão escondido, desconfio ser venenoso, mas não tenho certeza. Ele me ouve, mas será que ouve mesmo?

E se um dia ele me perfurar, e se um dia eu deixar-me vazar, será que ele ficaria? E se doer? Será que ele se importaria? Não sei.

Mas a gente parece feliz ali.

Se os aplicativos de relacionamento fossem sinceros (5)

Kauã, 26 anos
BIO: Não faço perguntas, só respondo. Boa sorte.

Donatella (minha dona)
projeção

De Versace, nem a pompa. Um dogue alemão arlequim de orelhas, olhos e bochechas caídos. Pintada, desengonçada e obstinada. "Um cão sem igual", anunciava de boca cheia Adolfo, seu humano. E era mesmo.

Setenta quilos de cão sobre pernas longas demais. Um enorme aglomerado de bobeira, doçura, saliva e desarranjo. Na cama de casal, ela se esparramava sem preocupações. Quem se importaria? "Minha Dona pode tudo", exclamava Adolfo quando questionado.

Mas, verdade seja dita, para ele, Dona era mais que um cão. A filha perfeita, a amiga infalível, a companheira indefectível. Para ela, Adolfo podia contar suas piadas de humor duvidoso sem ser repreendido, sair para caminhadas longas sem resmungos e ficar em casa o dia inteiro sem expressões de tédio. Bastava estar lá. Sua presença era constante motivo de celebração.

"Ela, sim, me ama de verdade", repetia para si mesmo em voz alta. "Faz tudo que eu quero, sem reclamações." Dona, sua Dona, não reclamava. Para ela, Adolfo era o mundo todo. Fonte inesgotável de carinho, comida e cuidados. Sem ele, o que faria Donatella? "Alto lá! Sem ela, o que faria eu?", retrucaria Adolfo.

Mas Donatella era um cão. Um cão sem igual, mas ainda um cão. E, um cão, por vezes, confunde seu querer com o querer do seu cuidador. Noutras tantas, não lhe restam sequer escolhas. Um cão passeia com guia, come o que lhe é ofertado, brinca com o que tem disponível. Não se preocupa com o amanhã. Ele fareja humores e dores. Conhece onde dói e, então, não cutuca. Ele sente, vibra, se emociona. Mas faz tudo isso como um cão.

Dona não era assim tão dona de si. Tampouco de Adolfo, o homem que não suportava amores que vivessem para além das próprias projeções. Mas era dona de um amor, por vezes, tolerante demais, excessivo, patológico.

Quando sozinha, não sabia o que fazer. Largava-se num canto qualquer. Não comia ou bebia. Não brincava ou fuxicava a vida alheia na janela. Entrava em modo de espera, ansiedade, angústia e desespero. Adolfo era o seu mundo todo, do jeito que ele queria que fosse.

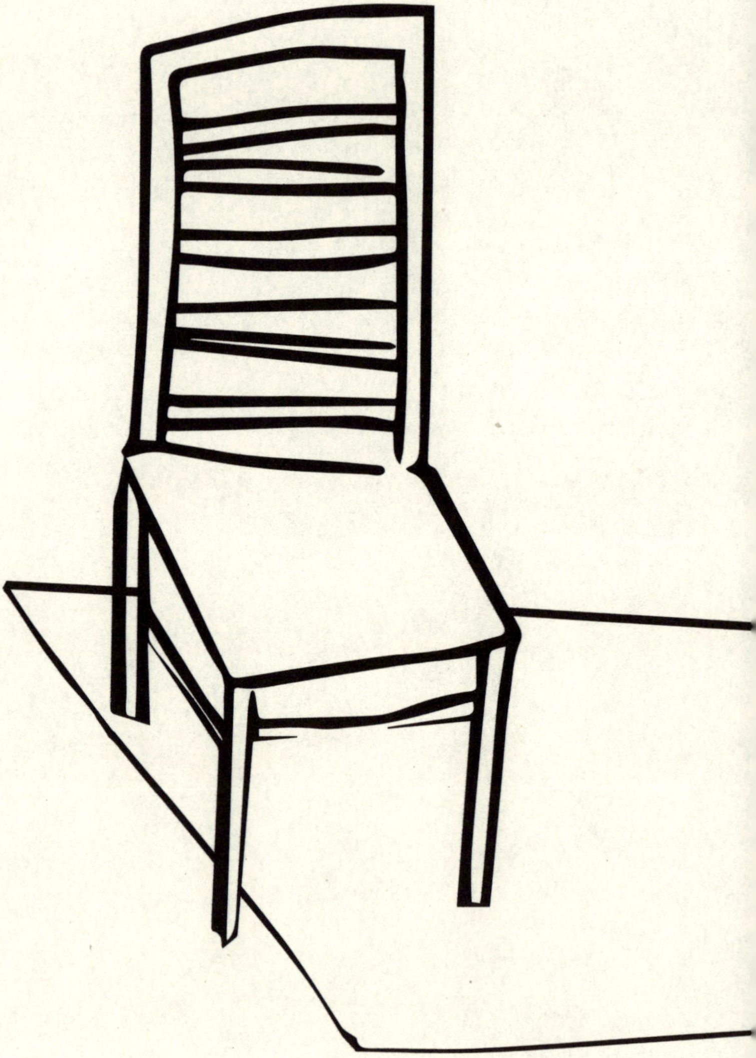

LIVRES AMORES

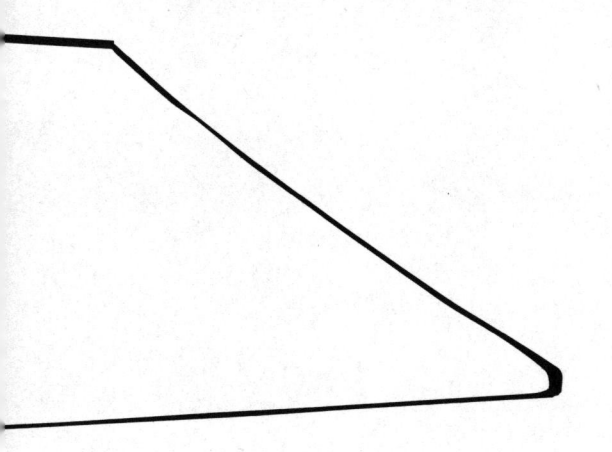

Oito pés e uma cama box
amor livre não é amor sozinho

SEIS PÉS

Seis pés entrelaçados na cama de casal tamanho padrão. Ainda assim, parece ter espaço de sobra. O primeiro toca o segundo, o segundo toca o terceiro. O cobertor vem e vai, cobre e descobre. Um abraço mais apertado e o terceiro vira de costas. O primeiro levanta para um gole d'água. Quando retorna, o segundo e o terceiro o aguardam de braços estendidos. Fungadas na nuca, um cafuné inesperado, o som do ventilador e mais nada.

O sonido discreto do despertador anuncia o dia. Então o segundo beija o primeiro e o terceiro e sai. O terceiro sorri, abraça o primeiro, que logo desperta, e, com um carinho, também levanta. O cheiro de café convida, mas a cama vazia é um evento para se desfrutar sem pressa. E de seis, ficam dois pés a passear pela extensão do lençol de algodão.

QUATRO PÉS

Na penumbra, dois pés saltam ao encontro do colchão. A roupa de cama desalinhada. Vira de um lado, de outro, até esbarrar noutros dois pés que entraram sem que pudessem ser percebidos. E, então, se acariciam. Sobem e descem, repousam e sacodem desembestados. A cama úmida, os pés cansados.

Mais dois pés se encaixam. Agora os seis pés se entrelaçam para dormir serenos. O ventilador, o lençol que escapa de ponta a outra, o som de carros passando na avenida, algum vizinho conversando na varanda e a calmaria na cama box.

OITO PÉS

O primeiro chega logo. Surge acompanhado de um quarto que não se conhecia. Quatro pés sobre o colchão. A roupa de cama em plena confusão compõe os movimentos que se seguem. Pés de um sobre os de outro. Solados na cama. Pés que se contorcem. As molas rangendo ligeiramente. Ao longe ouve-se a porta. Nada que perturbe a desordem estabelecida.

E quando os pés repousam, cada dois em uma ponta, se acomoda o segundo. Agora são seis. O segundo abraça o primeiro com uma mão e com a outra acaricia o quarto desconhecido. O quarto ameaça sair, mas o segundo o convida a ficar.

A luz da televisão colore as paredes brancas. O som preenche o aposento acompanhado de algumas risadas. Um cheiro de pizza chama a atenção dos habitantes da cama box. É o terceiro, com uma surpresa. Oito pés e oito pedaços de pizza.

Sem luz, ao som do velho ventilador de teto, todos adormecem tranquilos.

DOIS PÉS

Dois pés se enroscam em si mesmos e caem sobre a cama box, deitados atravessados. Ninguém mais volta essa noite. A cama é toda de segundo. Uma pena ser esse um dos seus maiores desprazeres, a cama vazia. Agarra-se a todos os travesseiros e ao faz de conta. Encaixa um debaixo dos braços, o outro entre as pernas, um nas costas e mais outro sobre a cabeça. Hoje são apenas dois pés e um amontoado de espuma. O som do ventilador, a sirene da avenida, a geladeira especialmente barulhenta e só.

Cheiro de café. Som de gente. Coração acalenta, levanta e troca o lençol.

SEIS PÉS OUTRA VEZ

Cheirinho de amaciante no lençol recém-trocado. O primeiro chega antes e apoia os pés ainda úmidos do banho sobre a roupa de cama limpinha. O cabelo encharca a fronha, mas o ventilador há de secar. O segundo se apressa para se aconchegar e curar a carência da noite passada.

Agora são quatro pés que se agarram saudosos à espera de terceiro, que não tarda a se avizinhar. Seis pés amontoados, embaralhados, suados e afagados. Tem pipoca, filme repetido, ventilador e três corações apaixonados.

Joana e Maiara
amor concomitante

Maiara chegava às sextas e ia embora aos domingos, depois do almoço. Joana vinha aos domingos à noite e partia nas madrugadas de segunda para terça-feira. De terça a quinta, eu guardava a minha companhia. E foi assim que, pelo tempo que havia de ser, vivi esses dois amores.

Joana era carioca e arrastava o "s" e o "r" de um jeito particularmente charmoso. Quando sorria, olhava para baixo para que ninguém a visse gozar da vida. Ela era curiosa, lia uma porção de livros, falava de História, Filosofia e de bons vinhos. Às vezes, falava por horas ininterruptas e eu só ouvia.

Com Joana, eu desfrutava da vida serena. Ouvíamos Elis, Jobim, Chico e Gil. Dançávamos com o rosto grudado, chorávamos as dores da vida e, então, assistíamos a uma comédia romântica qualquer para nos esquecer de tudo. Planejávamos um futuro utópico em que enveheceríamos juntas, cuidando uma da outra, colhendo as ervas do jardim para o chá da tarde e dormindo ao pé da lareira com preguiça de ir para o quarto.

Agora, Maiara era espevitada. Garota da noite, da boemia, dos botecos mais inóspitos da cidade grande.

Com ela, eu me sentia jovem. Me arrastava para o samba, mas desconfio de que queria mesmo que eu a visse reinar em suas terras. A gente ria e se desejava. Planejávamos tirar férias e sair sem destino, com a mochila nas costas. Eu nunca pretendi fazer isso de verdade, mas era divertido o faz de conta.

Quando conheci Joana, soube de seu amor por Beatriz, um afeto de longa data e que morava na Bélgica. As passagens já estavam compradas e Beatriz a esperava para seguirem suas histórias do outro lado do globo. Eu sempre soube que esse dia chegaria, mas saber não atenua o aperto no peito. A verdade é que eu escolhi viver como se não houvesse mesmo um fim. Que bom.

Fomos felizes nas nossas madrugadas afora, nas nossas prosas adentro, no nosso amor que não conhecia propriedade privada. Um amor tão nosso.

Joana se foi e Maiara enxugou minhas lágrimas, me colocou para dormir, cantou uma música sobre partidas. Em meio a piadas prontas e sua dança imprevisível, encontrei o colo de que precisava para sentir a falta que Joana me fazia. Uma falta que não tinha data para ir embora.

E eu, que sempre achei que verdadeiro era o amor que escolhia ficar, descobri que ir nada tinha a ver com falta de veracidade. Entendi que quem fica ama, mas quem vai pode amar também. Joana foi por amor. Amor a Beatriz, mas também a si. Foi por respeito à própria história, por compromisso com os seus sonhos e para honrar seu desejo. Ao escolher-se, escolheu libertar-me. Ela me lembrou de que fazê-la feliz não era uma responsabilidade minha, mas dela.

Maiara e eu ficamos. Joana visita nas férias com as filhas e sua grande parceira. A gente conversa madrugada afora sobre a vida adentro. E é assim, pelo tempo que há de ser.

Amor bonsai
aplicativos de relacionamento

Oi! =p

    Oi. Tudo bem?

    Tudo. Quer dizer, não sei. Estou meio cansada dos papos vazios daqui. Que começam no "oi, tudo bem" e terminam em "o que você faz da vida?". As mesmas conversas, com pessoas aleatórias, sem nenhuma perspectiva.

    É verdade. Não acontece nada muito inusitado por aqui. Mas sobre o que você gostaria de falar se pudesse fugir dos clichês dos aplicativos?

    Ah, sei lá. Queria falar sobre as minhas aflições mais ilógicas, sobre o arranhão no carro que eu fiz hoje enquanto o tirava da garagem, sobre minha dúvida se esquento uma marmita antes de dormir ou se peço uma pizza porque tive um dia difícil. Sabe do que eu estou falando?

    Pizza! Eu pediria pizza. Se você pedir daí, eu peço uma daqui também e ficamos os dois reabastecidos de triptofanos e felizes. O que me diz?

Fechado! Triptofanos, sejam lá o que forem, aí vamos nós! *(risos)*

Teve um dia difícil aí, né? Quer compartilhar?

Não sei. Como foi o seu dia?

Vamos ver. Hoje eu reencontrei uma amiga da escola e me senti tão pequeno. Ela estava bem-resolvida, bem-sucedida. Fiquei com aquela sensação de que fiz alguma coisa errada, você sabe qual é? Como se tivesse errado algum número no código da vida, mas não faço ideia de qual seja.

Por que será que a gente faz isso? Eu não conheço a sua amiga, mas duvido que ela tenha a vida perfeita. Duvido que absolutamente tudo esteja "no lugar". Mas a gente finge o tempo todo, né? No final, acabamos todos achando que estamos errando o número do código. Confere, confere, e nada de achar o número errado, porque na verdade ele não existe. Não existe um código único para a vida, não sei se existe sequer um código. Que saco!

Era disso também que você estava falando quando começamos esta conversa?

Era. Em partes, sim. Eu não sei se faz sentido escolher pessoas por meio de fotos, três linhas de amenidades, alguma piadinha com signo e um ou outro interesse em comum. Eu quero saber como você acorda pela manhã. Quero saber se você põe o feijão por cima ou por baixo do arroz. Com qual frequência liga para a sua mãe e se ela vai ser um problema caso esta relação dê em alguma coisa. Estou interessada em como você planeja as suas viagens. Se é do tipo que sai sem destino ou se tem o roteiro milimetricamente calculado. De que lado da cama você gosta de dormir, se dorme abraçado ou precisa de espaço, se sente muito frio ou muito calor. Escuta música alta? Se importaria se eu escutar? Se eu cantar bem alto no carro, com os vidros abertos, sentiria vergonha? E quando eu dançar, sem ritmo algum, na pista cheia, vai dançar comigo?

(risos) Eu sou silencioso pela manhã, levo um tempo para iniciar o processador interno. Feijão sempre por cima, para o arroz absorver o caldo. Eu e minha mãe nos falamos mais por mensagem. Ela manda áudios quase que diariamente, eu respondo quando dá. Às vezes, levo mais tempo do que deveria. Com certeza vai dar problema. Tem família que não dá? Mas acho que cada relação é uma relação. Queria viajar mais. Sou do tipo que sai sem roteiro, mas com destino. Durmo do lado esquerdo, de preferência com algum espaço, porque sinto muito calor. Eu gosto de gente que canta e dança, embora eu mesmo seja uma negação para isso. E você?

Nossa! Não achei que fosse responder. Bom, eu? Deixa eu ver. Música alta logo pela manhã, para estabelecer o clima do dia. Nem sempre funciona, mas eu gosto assim. Feijão por cima, *check*! Falo muito pouco com a minha mãe, não somos exatamente próximas. Gosto de roteiros com dezenas de páginas, a ponto de ficar frustrada porque é impossível segui-lo. Gosto de espaço para dormir, mas estou sempre coberta, faça sol ou faça chuva. Ah, e eu danço e canto, mesmo sem saber dançar ou cantar.

Ah, a música, me esqueci de responder essa! Gosto de música alta para correr só. Sabe que eu ouço pouca música? Você ouve o que para acordar?

De forró a rock 'n' roll! Corrida? O que te faz correr?

Medo.

Medo?

É. Medo de não dar conta. Eu acho que quem corre tem sempre um medo latente. Medo de encarar aquilo do que não se pode correr. Medo de não conseguir escapar dos próprios demônios. Medo de se sentir preso, estagnado, sem movimento.

E se você não correr, o que acontece?

Aí eu sou obrigado a lidar com meus medos de outro jeito, eu acho. Do que você tem medo?

Eu tenho medo de não ser amada. Mas morro de medo de ser também. Ser tão amada que não precise mais viver em busca de amor e aí não saber mais o que fazer com as horas vagas. Medo desse amor preencher meus vazios, cada lacuna, e me deixar sem ter o que buscar. Faz sentido?

Faz. Mais sentido do que eu gostaria até. Acho que eu sinto esse medo também. E como a gente supera?

O medo? Não tenho certeza de que a gente precise superar, sabe? Essa noção de superação me angustia um pouco. Super-ação. Essa necessidade de ficar em movimento constante. Engraçado, porque você acabou de falar sobre a corrida que é exatamente isso, né? A super-ação, superação do tempo, da distância, do ritmo. Então, se a corrida é uma fuga e a superação é parte dela, encarar o medo deve ser o oposto de superá-lo.

Estou pensando aqui no que você escreveu. Eu acho que amar vem sempre com um medo entrelaçado. E talvez seja nesse medo que more a impossibilidade de que ele preencha todas as lacunas.

É, pode ser. Você já se sentiu plenamente amado?

Você diz romanticamente?

Será que há diferença?

Sinto que poderia passar dias conversando sem nunca me entediar. Quanto a me sentir plenamente amado, e aí vou responder sua segunda pergunta também, acredito que a gente nunca se sinta plenamente amado por todos aqueles que desejamos ser amados, ao mesmo tempo. Tem sempre uma carência. Mas hoje, quando voltei do encontro com essa amiga da escola, arrasado e frustrado, me sentei na sacada do meu apartamento em silêncio, com um nó na garganta. Nó mesmo, daqueles difíceis de desatar. Daí o Chico, meu cachorro de oito anos, veio devagarinho e se sentou do meu lado, sem resmungar, sem latir, sem fazer baderna. Só se sentou como quem quisesse dividir aquele momento comigo. Como quem dissesse "eu te sinto". Naquele instante, eu fui plenamente amado por ele.

E você se satisfaria sendo amado pelo Chico, enquanto ele viver, sem um amor romântico?

Talvez. As relações são diferentes, né? Mas amor é amor. Eu quero amar pessoas romanticamente também. Quero e vou. Há em mim essa certeza. Você não tem?

Eu quero também. Já fui, já amei. Mas receio ficar presa a uma única forma de amar e me esquecer das outras. Ser capturada pela carência que você falou e não aproveitar os amores que já estão presentes.

Você acha que a gente pode amar romanticamente mais de uma pessoa ao mesmo tempo?

Claro! Se houver espaço para isso. O amor é elástico. Uma árvore que cresce livre em um campo aberto fica majestosa, abundante, com os galhos espalhados. Mas a gente pega o amor e o transforma em um bonsai. Planta logo cedo em um vaso pequeno, com pouco substrato e amarra para crescer pouquinho, no molde que disseram que precisava ser seguido. No fim, fica bonito e a gente deixa de enfeite no canto da sala. Tem quem ache que é uma espécie miúda mesmo, mas só foi espremida.

Caramba!

O que foi?

Eu quero muito te conhecer pessoalmente.

Assim?

Assim. Exatamente assim.

Eu também.

Se os aplicativos de relacionamento fossem sinceros (6)

Victor, 35 anos

BIO: Eu vou citar pensadores eruditos para te impressionar, mas a verdade é que decorei os nomes numa página de rede social que eu sigo. Escrevi que a terapia está em dia, porém estou em um hiato desde os meus quinze anos e sem intenção nenhuma de voltar para ouvir que é hora de sair da casa de mamãe. Sim, eu moro com a minha mãe e não vejo problema nenhum nisso, afinal estou em busca de uma mulher igualzinha a ela, que cozinhe, lave, passe e me diga onde estão as coisas que eu deixei largadas pela casa. E se não quiser, eu vou fazer bico e dizer que você não soube lidar com a minha complexidade.

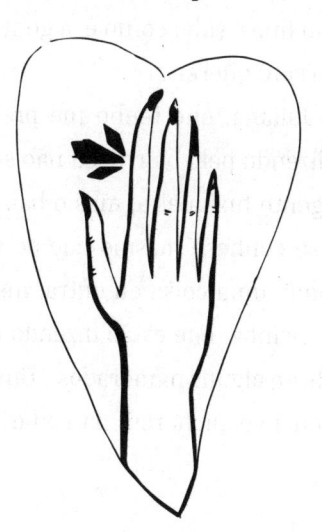

Juliana
desejo e angústia

Peço desculpas, de antemão, pelo texto longo. Sei que você não tem muito tempo, mas achei que convinha falar. Longe de mim querer me intrometer onde não fui chamada. Não gosto de fofocas e é justamente por isso que escrevo este e-mail.

Já há um tempo que noto maior movimentação na frente da sua residência. Não que eu esteja vigiando a rua, mas como você mora na casa ao lado, é inevitável perceber o entra e sai de carro na garagem, o abre e fecha do portão pesado e outros sons que se propagam por meio dos vãos da janela. Não que me incomode, eu sei que tudo acontece dentro das conformidades da lei, nos horários permitidos. Mas as casas são geminadas, as paredes são finas, sabe como é, a gente acaba escutando mesmo sem querer.

Acontece, Juliana, que tenho me preocupado com o que estão dizendo pelo bairro. Eu não sou de dar trela para essa gente fuxiqueira, mas o bairro é pequeno, todo mundo se conhece mesmo que de vista e, então, acabo escutando uma coisa ou outra, mesmo sem dar ouvidos. E aí, vizinha, que estão dizendo que você tem, como posso dizer, alguns namorados. "Um para cada dia da semana", ouvi cochicharem na padaria do seu Luís.

Imagine só, uma gente que realmente não tem mais o que fazer. Mas, sendo minha companheira de muro, achei bom contar para você.

Juliana, eu tenho mesmo escutado uns ruídos esquisitos. Outro dia me peguei com o telefone na mão para ligar para a polícia quando ouvi um grito que parecia ser o seu. Só parei porque você caiu na gargalhada logo na sequência, depois entendi que estava bem. Agora, me pergunto, está tudo bem mesmo?

Longe de mim bisbilhotar, mas o seu relacionamento com o moço simpático de cabelo comprido parece coisa séria. Ele traz flores, liga todo dia na hora do almoço, faz suco de laranja logo cedo quando passa a noite. Sei porque escuto o som do mixer. Vocês formam um casal carismático mesmo, é bonito de ver. Outro dia, quando ele chegou, você estava com visita e ele deu um beijo na sua testa e foi embora. Visita que passou a noite, inclusive, porque o carro ficou parado na frente da minha garagem até as sete horas da manhã. Só sei porque tive que pedir para ele tirar para o Roberto, meu marido, sair para o trabalho.

Roberto é um cara de meia-idade, nem sei mais se é assim que se chama. A gente não faz muita coisa fora de casa, porque ele trabalha bastante, sabe? Mas construímos a vidinha que a gente sempre quis. Uma casinha, nosso carro, um filho. Eu queria ter mais, mas não deu. Um tá bom, não está? Você pretende ter filhos? É uma alegria que só. Quando Henrique era pequeno, a gente passava a tarde indo pra cima e pra baixo. Quando não estava na aula de violão, estava no futebol e quando não tinha nada, a gente saía de bicicleta pela rua de baixo, sabe? Aquela com a pracinha. Mas logo veio a adolescência. Aquele monte de criança se achando adulta entrando e saindo. Eu adorava a bagunça em casa. Um tal de tia Luci pra cá, tia Luci pra lá.

    Henrique está morando fora agora. Se formou e arranjou um emprego no estrangeiro. Está bonito. Você o segue? Ele liga para mim quando possível. Disse que vai se casar no próximo ano. Tomara que venha para a casa da mãe.

    Antes do Henrique, Juliana, eu e o Roberto ríamos bastante também. Às vezes, a gente comprava um vinho barato, uma cerveja e ficava proseando até tarde da noite. Ele não cansava fácil, não, viu? A gente é feliz. Toda noite ele chega em casa, toma banho, janta e faz questão de lavar a louça depois. Enquanto ele lava, eu seco e a gente aproveita para falar do dia, da família, das férias que estão chegando. É bom ter um parceiro assim, de uma vida inteira. Aquele homem que vai estar ali todos os dias, todas as noites, todos os fins de semana, todas as férias, para sempre, se tudo der certo. Tão bom que chega a cansar.

    Nunca dei motivo para falarem de mim por aí. Não que você tenha dado, não mesmo. Eu até acho moderno isso tudo. Bacana mesmo. Cheguei a comentar com o Roberto. Às vezes, umas visitas assim, como as suas, poderiam agitar um pouco as coisas aqui em casa. Ou, então, não sei, mesmo que ele não quisesse participar, eu poderia de repente viver uma experiência. Bom, essa parte eu não falei. Nem a primeira, para ser franca com você. Acho que podemos ser francas, não é?

O rapaz de cabelo comprido deve ter as visitas dele também, suponho. Ele tem? Não que seja da minha conta, não, só de curiosidade mesmo. Eu não me importaria se o Roberto tivesse os encontros dele. Se fosse noutro tempo, acho que seria doloroso para mim. Mas a gente não é o casal que foi um dia. Eu não sou mais a menina que fui um dia. Quer dizer, gosto muito dele. Meu parceiro, meu amigo, pai do meu filho. Um grande amor. Só que a paixão, o fogo, aquela sensação boa do comecinho, isso não tem mais. Não sei se é coisa da idade. Sinto saudade daquele tempo.

Não, eu não abriria mão do meu casamento. De jeito nenhum. Imagina. O que iriam falar? Já pensou, Juliana, se eu me separasse e começasse a receber um monte de visita como você? "Dona Luci perdeu o juízo", falariam. Consigo até ouvir a minha prima Zélia comentando no Natal. Não, não. Isso não é coisa para mim.

Eu sou mais quieta, na minha mesmo. Gosto de viver dessa maneira. Cuido da minha vida, deixo os outros cuidarem da deles. Assim é que é bom. Cada um cuidando da própria vida.

Desculpa o textão, viu, Juliana? Só queria te falar mesmo o que eu ouvi. Porque às vezes a gente acha que está livre das más línguas, mas tem sempre alguém de olho na vida alheia. E, veja, não importa. Você é a minha vizinha e eu vou tratar de dispersar qualquer comentário maldoso que escutar por aí. Na minha frente não.

E já até fiz isso. Lá na padaria do seu Luís mesmo. Ô lugar de mexeriqueiro. Andréia, da casa de esquina, veio com um papo duvidoso. Falou que você estaria traindo o moço do cabelo comprido com essas outras visitas. Eu desmenti. "O menino sabe, Andréia, para com essas coisas", respondi. E respondi alto para todo mundo ouvir que eu não estou à disposição de fofoqueiro.

Mas que coisa! Uma relação tão bacana. Traição? Eu mesma nunca traí o Roberto. Quando estava mais moça, com meus trinta e tantos, conheci um rapaz no treino de futebol do Henrique. Era pai de um amiguinho. Moço bonitão, do sorriso largo. Lembro-me do perfume dele, acredita? Era um perfume mais doce, diferente dos que o Roberto gosta. Ele nunca faltou com o respeito. Mas era só falar meu nome que eu sentia um arrepio subir a espinha. A gente conversava bastante, por uma hora, todas as quartas. Na frente de todo mundo, claro, na arquibancada. Nunca aconteceu nada, nada mesmo. Tem dias em que acordo pensando *E se?*

Traição não. Mas eu imagino como teria sido viver aquela paixonite. Ter deixado sair aquela onda que crescia quando eu o via chegar no clube. Me molhar naquela água. Virei até poeta agora. Ah, Juliana, que onda boa.

Nunca traí o Roberto. Nem naquela época, nem depois. Acho que ele também não. Tem aquele ditado, né, "não coloco a mão no fogo por ninguém". Mas pelo Roberto eu colocaria. Até me sentiria menos angustiada se soubesse que ele viveu outras coisas por aí. Menos culpada pela vida que a gente leva. Era o nosso sonho, como contei. A gente é feliz mesmo.

Não sei, Ju (posso te chamar de Ju?), acho que eu passei tempo demais represada, esperando as comportas se abrirem para voltar livre para o rio. Será que elas vão se abrir?

Vendo você daqui, assim, o pouco que eu vejo, parece que você é a própria correnteza. Sem desvios, sem barragens, sem comportas. Um rio cheio, feroz, rápido. Mas não tem como saber de verdade, não é? Estou falando pelo que espio. Espio não, que não sou disso. Mas do que eu acabo escutando através das paredes finas aqui de casa. Acertei?

Me ocorreu agora, Ju, que essa gente do bairro fica falando das suas aventuranças porque, na verdade, queria estar fazendo a mesma coisa. A Andréia mesmo, olha que vidinha mais pacata que ela leva. Passa a tarde toda varrendo a rua, reclamando das folhas que acumulam na calçada, esperando aquele marido sem graça voltar. Nunca ouvi ela falar bem de ninguém. O passatempo dela é esse mesmo. E dá para julgar? No lugar dela, acho que a gente faria o mesmo. Não é todo mundo que tem a rotina assim, movimentada.

Nossa senhora, Juliana do céu! Só me atentei ao horário agora. Uma e meia da madrugada! Valha-me, Deus. Eu aqui, importunando você. Se bem que, bom, você ainda está acordada, não é? A luz da janela dos fundos está acesa e o mocinho do cabelo comprido acabou de descer as escadas. Essa madeira range de um jeito atordoado. A daqui de casa é a mesma coisa. Mande lembranças a ele. Menino bom mesmo, pelo menos parece ser.

Então fica assim, Ju. Eu fico de ouvidos atentos. Se alguma novidade chegar até mim, comunico a você de pronto. E, caso queira, estou por aqui todos os dias. De repente, se precisar desabafar qualquer coisa ou de alguém para te ouvir. Porque mesmo com tanta gente em volta, a gente pode se sentir sozinha, não? Bom, não acho que você seja disso, de se sentir sozinha. Mas vai saber.

Estou por aqui, viu?

Grande abraço.

O balão e o menino
apego seguro

Da minha espreguiçadeira, observo o menino e seu balão voador. Ele o segura pela ponta do barbante enquanto corre de um lado até o outro da praça. Despreocupado, risonho, encantado com o amigo flutuante.

Quando, cansado, resolve parar e o balão para junto. E, então, se abraçam cheios de ternura. Quando volta a brincar, o balão não o deixa sozinho. Trata de planar sobre o parceiro de aventuranças. Seguem juntos neste vaivém que não carece de destino. Uma dupla afinada e imperturbável.

E assim, de repente, num deslize fortuito, o barbante escapa-lhe da mão, deixando-me aflita. Frações de segundos de intensa agonia. Até que o menino sorri, acena para seu amigo balão, e fica ali, admirando-o partir, com olhos marejados e uma curiosa satisfação estampada no rosto. É como se soubesse que só é amor quando se pode ir e que a ida não apaga a alegria do que foi ou interrompe o deleite do que ainda está por vir.

O amigo flutuante desaparece entre as nuvens e o menino volta a correr. Despreocupado, risonho, sem o amigo flutuante, mas certo de que outros amores o surpreenderão.

Na minha gaveta de meias
múltiplos amores

Na minha gaveta de meias, há um pé de cada par. Um pé da meia de lã grossa da Lorena. Um pé daquela meia de unicórnio embaraçosa da Gabriela. Aquela meia encardida da Rafa, que só andava descalça pela casa. O meião de futebol da Manu e a meia-calça de seda rasgada da Flavinha, que por algum motivo ficou enroscada atrás da gaveta.

Meia é o tipo de peça que a gente perde pelo caminho porque tira em qualquer canto, esquece que existe, enfia em algum lugar para pegar depois. Uma peça tão pequena, por vezes tão íntima e que denuncia tanto do que a gente encobre para que ninguém possa ver.

Eu e Gabriela namoramos por seis meses. Por pelo menos três deles, ela só saía de meia soquete. Impecavelmente brancas, igualmente desgastadas, na altura dos tornozelos. Gabriela tinha essa mania de perfeição. Ela era a irmã mais velha de três. Ainda me lembro da primeira noite que a vi com a meia de unicórnio. Foi ali, naquele exato momento, que eu entendi que ela tinha aberto a porta para eu entrar. Depois disso, foram dezenas de noites com meias de personagens infantis. O único lugarzinho em que ela se permitia ser apenas a Gabi. Sem alvejantes, sem amaciantes. Ela e só. Ela e tudo, que não era pouco, existindo naquele um metro e meio de mulher.

Descobri o pé da meia de unicórnio assim que ela foi embora, quando terminamos. Avisei a ela, que disse que pegava em qualquer dia e nunca voltou para buscar. Aconteceu o mesmo com a meia de lã da Lorena. Mas ela, com certeza, jogou o outro pé fora. Eu não. Por que jogaria?

Fui eu quem comprei a meia de lã. A gente estava viajando e ela só tinha levado meias finas demais. Ficou uma noite inteira resmungando. Na manhã seguinte, com o café, levei o novo par. A vi chorar uma única vez como naquele dia: no fim da nossa relação. Eu tinha me apaixonado pela Flavinha. Doeu. Doeu nela e em mim também. Com Lorena eu planejei viver oitenta anos, abrir uma loja de artigos esotéricos em Visconde de Mauá e desacelerar. Não foi o coração dela que eu parti, foram os nossos planos. E acho que isso machuca mais.

Flavinha era uma garota do mundo. Ainda é, somos grandes amigas hoje. Não para um segundo em casa. E o que tem de determinada e destemida, tem de caótica. Talvez essas coisas andem sempre juntas. Eu sorria ao vê-la tirar suas quinquilharias do lugar, o tempo todo, porque nunca sabia onde tinha deixado o que precisava. Uma confusão bonita a dela. Espalhava e deixava tudo à mostra. Ela é o que é e ponto. Sem timidez forçada, disfarces ou linhas ocultas. Oculta mesmo só a meia-calça enganchada na gaveta. Ela falou para eu emoldurar como lembrança da melhor namorada de todos os tempos. Talvez eu faça uma escultura com ela um dia e coloque no meio da sala, só de gozação.

Rafa e Manu passaram ligeiras por aqui. Aqueles encontros aniquiladores do raciocínio lógico. Amores imensos de poucas semanas. Para quem eu dedicaria romances, músicas e poesias. Se foram na mesma velocidade com que chegaram, deixando para trás apenas meias e um bocado de lembranças.

Gosto da minha gaveta assim, tomada de saudade. Porque quem foi deixou uma parte de si, e não qualquer parte. Meias, intimidade, páginas e mais páginas de histórias que escrevemos a tantos pés. Talvez um dia as meias se percam. Mas o que me lembro delas, não. Isso fica porque é também um pedaço de mim.

Se os aplicativos de relacionamento fossem sinceros (7)

Marina, 32 anos

BIO: Colecionadora de matches. Pago o aplicativo só pra ver quem me deu like quando a autoestima está baixa. Pode me seguir na rede social, nunca vou te seguir de volta. No máximo, vou curtir suas mensagens para não parecer completamente desinteressada e manter você engajado no meu perfil.

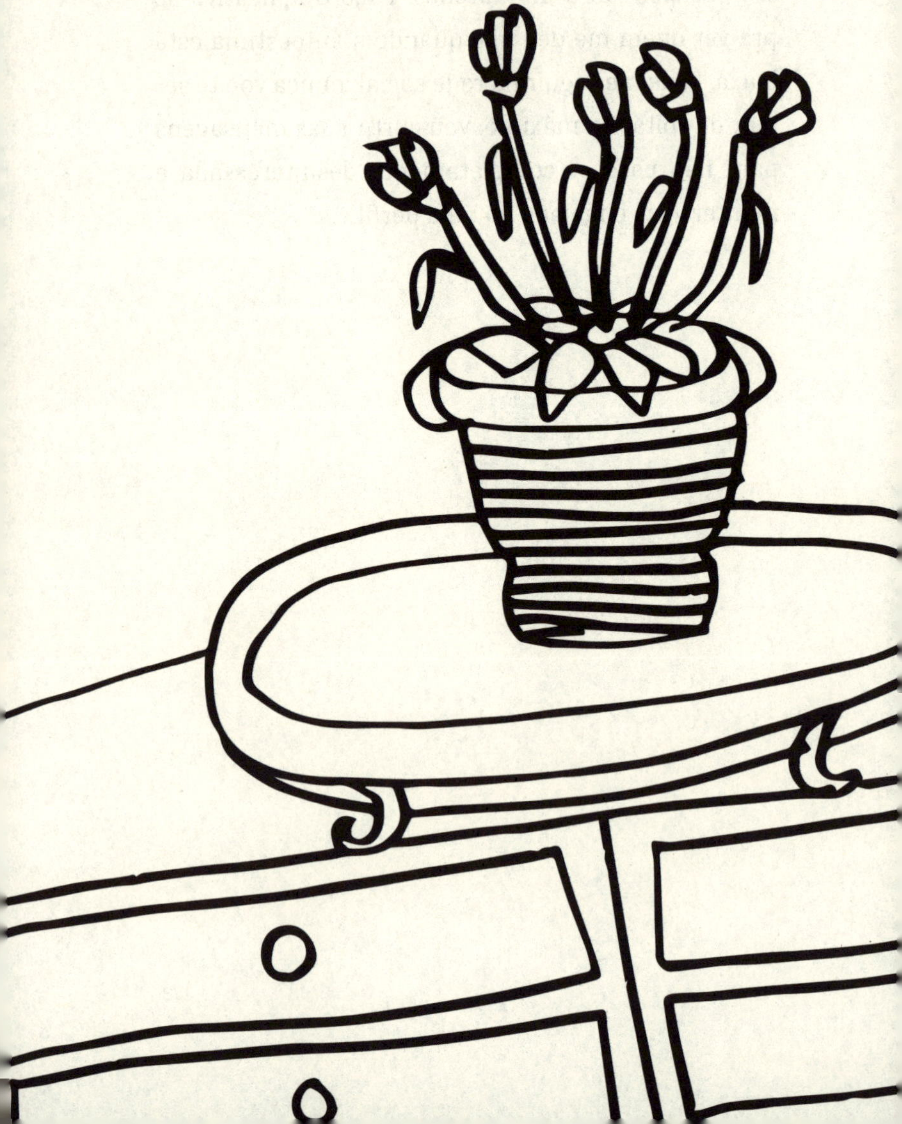

ASPIRAÇÕES

Gente que se diverte
dá para ser leve e profundo

Onde está a gente que se diverte? Que sente, que espalha, se esbalda. Onde está a gente que não capitaliza os desafetos, que não corrompe os laços nem desata os nós? Onde festejam os que exibem orgulhosos as próprias loucuras, escancaram suas incoerências, riem das próprias neuroses?

Cadê a gente que veste roupa nova para ficar em casa, escolhe o melhor vestido para comprar pão, vai à festa de pijama? Aquela gente que não está nem aí para o que não importa, mas ainda assim se importa um pouco, porque um pouco a gente sempre se importa. A gente que dança no meio da rua, faz serenata desafinada e se declara para o mundo inteiro ouvir.

Os que transam, choram e cantam de luz acesa. Quem entra em casa de sapato, esquece a cama por fazer, bagunça a cozinha recém-arrumada. Aqueles que se veem nus no espelho empoeirado e admiram o espelho: o nu e a poeira. Quem deixa para recolher a bagunça no dia seguinte, porque hoje é dia de folia.

Quero encontrar os meus que buscam os seus e, quando se encontram, inundam. Aqueles que nadam sem colete nas próprias águas porque as conhecem bem e, então, saem encharcados, molhando a sala, o quarto e a cama também. Aqueles que nos pegam de surpresa e nos abraçam com a roupa ainda úmida e gelada, arrancando um riso desprevenido.

Onde estão os que amam e puramente amam? Nem tão puros, porque os puros mentem. Mas, corajosos, amam.

"desejo relações firmes e, portanto, maleáveis."

Tem uma coisa sobre o seu cheiro
sinestesia

Tem uma coisa sobre o seu cheiro que nunca contei para você. É que quando você parte, ele fica espalhado pela casa. Impregnado na colcha da cama, no braço do sofá, na minha camiseta larga de dormir, no meu pescoço. Tem dias em que eu sou pega de surpresa por ele enquanto ando pela sala, pegando alguma coisa no armário, sentada na cozinha. Vem assim, sorrateiro e me invade sem que eu consiga desviar.

E quando eu sinto o seu cheiro, é como se estivesse nas suas mãos outra vez. Entregue, de corpo largado, sem a menor intenção de escapar. Como se seus dedos passeassem vagarosos e desorientados sobre minha pele. Chegam a me arrepiar quando descem pela minha costela e descobrem meus sinais espalhados por toda a extensão de quem sou.

Não sou de dizer em voz alta, mas o seu cheiro tem um negócio que me atordoa, que me arrasta para fora de mim e me arremessa ligeiro numa vastidão que desconheço, mas me acolhe. Uma imensidão acetinada onde eu posso repousar ao abrigo da tormenta que cai lá fora. Um infinito de acalento embalado pelo seu acalanto.

Esse cheiro que só você tem. O cheiro da sua nuca, da sua boca, do seu cabelo. E também o cheiro das suas axilas, da sua virilha, do seu íntimo. Esse que é reservado a gente de sorte como eu. O que não tem fórmula, composição artificial ou fragrância. Aquele que combina com o meu.

"todo amor é grande o bastante."

Carta ao meu futuro amor
vínculos maduros

A porta está aberta, pode entrar. Mas entre fazendo barulho que é para eu saber que você chegou. Porque, às vezes, me distraio e nem percebo quando alguém passa para dentro. Sou dessa gente que deixa a porta escancarada e segue vivendo.

Se preferir, deixe o sapato e o que mais quiser do lado de fora. Ou entre com tudo que é seu. Pode vir de mala e cuia ou só com a roupa do corpo. Tanto faz. Recebo você pelo tempo que quiser ficar.

A gente arrasta uma cadeira e fala. Pode falar. Fale tudo que der na telha, na varanda, no quintal. Conte da sua fé, da sua dor, das suas manias. Descreva suas fantasias, seus devaneios. Ou, então, a gente fica em silêncio. Você olha nos meus olhos, eu salto para dentro para a gente prosear de outro jeito. Se não for prosa, pode ser verso. E em vez desse conto, a gente goza da poesia.

Vem que tem lugar de sobra. As sobras todas, que não são poucas, e que acabam jogadas por aí. De tempos em tempos, reúno tudo em um quarto. Deixo que levem o que não quero mais, deixo que fique o que preciso em abundância. Se for da sua vontade, podemos fazer isso juntos. E se acaso tiver amor sobrando, a gente partilha, espalha, convida mais gente.

Se achegue porque aqui há espaço para que te quero. E como quero. Às vezes quero tanto que me afogo, me perco e deixo de querer. Espaço para o meu e o seu querer, meu bem-querer. Não precisa se apequenar. Tem espaço para você, para o seu afeto, para aquilo que te afeta, o que te alicerça, o que te liberta. Espaço para a sua pirraça, o seu drama, a sua birra. E também um cômodo inteiro para as suas paixões, sua risada boba e seu sossego.

Se um dia cansar, tem uma rede boa lá fora. Com sombra e água fresca, que é para refrescar as ideias. E se ainda assim não servir, pode ir. A porta está aberta.

Que seja amor
viver é coletivo

Há quem seja feliz sozinho, ouvi dizer. Quem transite pela vida se bastando. Deixando pelo chão uma pegada só, o próprio rastro. Quem goste de dormir esparramado na cama, de escolher cada uma de suas refeições e, às vezes, de pular a janta porque não está com fome. Tem quem queira o silêncio no dia de folga, passe o dia dormindo e não se ocupe de compromissos de família. Quem seja aconchego para si mesmo e saiba acolher os próprios medos.

Mas tem também quem queira estar acompanhado. Quem se contente com uma ponta do cobertor e prefira mesmo dormir de conchinha. Aqueles que gostam de planos compartilhados, de almoço na casa da sogra, de ver o mesmo rosto a cada manhã. Quem queira dividir os boletos, o sabonete, a casa e a vida. Quem cometa a loucura de querer uma única pessoa todos os dias.

Existe ainda quem queira um pouco disso e um pouco daquilo. O silêncio e a conchinha. Dividir a casa, mas não toda a vida. Partilhar sonhos e ainda assim sonhar sozinho. Quem saiba acolher os próprios medos, mas cometa a loucura de querer uma única pessoa para ouvir sobre eles.

E se livre é o amor, então que o amar seja livre também. Livre de manuais, leis imutáveis, juízes tendenciosos, verdades absolutas. Livre para ser objeto de estudo dos acadêmicos, e também livre de problematizações para os emocionados. Livre para ser eterno e fugaz. Livre para ser sincero e mero delírio. Livre para ser extra e ordinário. Para ser único e multiplicado. Para ser apego e desapego. Promíscuo e recatado. Doce e levemente amargo.

Que seja livre para ser tudo que é, desde que seja amor.

Dispensável amor
recuperando a individualidade

E se for dispensável? Essa coisa de se apaixonar, ter alguém para dividir as contas, o teto, o travesseiro, a vida. E se eu quiser a vida inteira só para mim? Afinal, é minha. E se eu não quiser ceder, chegar a um consenso, firmar acordos? Se quiser fazer absolutamente tudo que me contemple e me realize, sem precisar de permissão?

E se eu não quiser contar sobre o meu dia, nem ouvir sobre o de outro alguém? Se eu não quiser me encolher, escolher só um lado do guarda-roupas, me lembrar de comprar o que não seria para mim? E se eu não quiser lavar a louça que não é minha, juntar roupas no mesmo cesto, ver outro cabelo no ralo?

E se eu quiser trabalhar muito sem culpa, sem cobrança, sem ouvir resmungo? E se, nas férias, eu quiser me esquecer de tudo que eu conheço e não ter para quem voltar? E se eu gostar de ser assim? Solta, sozinha, desimpedida. E se eu não quiser mudar?

E se eu quiser pedir só uma taça de vinho, meia porção de coxinha e um único pote de sorvete, que vai durar meses, porque é só meu? E se não quiser conhecer outras famílias, ter amigos que não os meus, ir a aniversários chatos de quem eu não gosto? E se eu não quiser ser o *plus one*, nem o par, a acompanhante, a amante, a esposa ou a ficante? E se eu preferir ir sozinha?

E se, no fim, eu não quiser um amor de verdade, para toda a eternidade, até que a morte nos separe? E se eu não quiser um amor para além desta vida? E se eu quiser um adeus indolor, rápido, sem choros copiosos? Uma despedida festiva da existência consumada, desamarrada. E se ter a mim for o que me bastar?

Todo meu respeito
amor não é tudo

Amar é confuso. E é confuso porque amar tem tempo, espaço, história, ancestralidade. É subjetivo, mas também construído ou apenas acontecido. Amar é estrofe, é cantiga, é dramaturgia. Amar é boca-boca, é teoria e repente. Amar é para todo mundo, para quem tem sorte e para quem pode. Amar é de graça, mas custa caro. É verdadeiro e também uma enorme ficção.

Às vezes a gente chama de amor, mas é medo. Noutras, é apego, carência, desespero, preguiça. E tem ainda os combos promocionais. Amor que vem junto de apego, amor com lampejos de carência, amor coberto de medo, mergulhado em insegurança, com pitada de desespero, comodismo, preguiça, inveja e mais uma lista inumerável de opcionais.

E de tão vulgar e sublime, tão mundano e imaculado, tão nosso, mas tão sagrado, confunde a cabeça de quem sente. Ora, se só é verdadeiro se nada pede, se só é amor se é para sempre e se quem ama, ama incondicionalmente, então amor é também doutrina, obrigação, aflição.

Então a gente ama porque tem que amar. Aceita o inaceitável porque é amor e amor há de durar. E ama porque tudo que a gente precisa é amor. Mas e o resto?

E casa, comida e aconchego? E carinho, ouvido e parceria? E o respeito?

Se em vez de amor, a gente usasse o respeito como parâmetro para as relações? Porque amor às vezes até pode faltar, mas respeito, não. E, assim, cara leitora, eu me despeço com amor, sim, mas principalmente com respeito.

**Acreditamos
nos livros**

Este livro foi composto em Inria Serif e Final Six e impresso pela Lis Gráfica para a Editora Planeta do Brasil em fevereiro de 2025.